# 杪末春秋

顾 雄 著

文汇出版社

# 序　顾雄和他的散文

2004年岁末，我去上海出席曾元沧乡情散文研讨会，会址文新报业大厦，下榻对街的一家宾馆。期间顾雄来访，我对他说，你该出一本散文集了，趁我现在还写得动，给你作序。我主动提出为作者写序，就此一次，绝无仅有。当时他没有表态，以后几次来北京，几次来六道口我的居所，均未提及。他忙于写影视剧本，冷淡了散文。

我与顾雄相识于鲁迅文学院，他在作家班进修。我们交流散文创作体会，他给我看一篇作品《往事并不遥远》，写他的家庭在"文革"中的遭遇，写得纯朴真实，读来很有感触，我推荐给《美文》。此后在报刊上读到他的不少散文，大多写普通人、平民，写下乡在黑龙江的经历。都是他熟悉的环境，熟悉的生活，看似信手拈来，却能洞察体悟，深入浅出，注重人性，充满人文情怀。

《修自行车的刘大》里的主人公，生活在社会底层，相貌很丑，孑然一身，但丝毫不妨碍他的善良。他把侄子刘小刚当儿子，自己省吃俭用，穿挑担人淘来的旧衣服，承担刘小刚的一切费用，尽可能满足刘小刚的要求，只为换来一声"大大"。刘小刚沾染赌博恶习，被劳动教养，刘大去看望，因为长得丑，刘小刚非但不念养育之恩，倒像受到莫大污辱，眼睛一瞪说，我怎么会有这种大！刘大固然值得同情，悲莫大于哀，这是两种人性的强烈对照。

《静安寺记忆》则是一篇记叙文，写作者自小生活的环境，记录一些伴随作者成长、难以忘怀的所在。由于大拆大建，自然生成的千年涌泉池遭掩埋；大量海派文化根脉所系的石库门建筑，在推土机的轰鸣中不复存在；集影剧院、图书馆、足球场、乒乓球室等为一体的静安区工人文化馆，被几家豪华宾馆蚕食，所有场地丧失殆尽。当下的静安寺地区，大厦高耸入云，静安公园一侧建成下沉式广场，很具现代化元素，静安封庙更是金碧辉煌。但是"毕竟少了平常的市井生活气息，搬迁到边缘乡郊的原住民，时而结伴来到静安寺，在已觉陌生的街道上走一走，或到庙里烧炷香，寄托记忆的'乡愁'。"闻名遐迩的百乐门舞厅，曾经是有权有钱人的天堂，如今"尽显尊贵华丽，引领时尚潮流，然工薪阶层望而却步，不敢问津"。

　　时值2013年，顾雄又开始写作散文，当年便得了一个奖。他到北京领奖，也到我的居所，并且带来了准备出版的文稿，要求我作序。几年未见，我感觉他的散文有变化，多了一些思考和审美意境。获奖作品《小水》，写一对生长在洞庭湖畔的孪生姐妹，她们像湖水那样清澈秀丽。姐姐大水考取上海大学，妹妹小水摆摊卖煎饼，供姐姐上学。小水的煎饼价廉物美，小水的和气笑貌招人喜爱，城管要砸小水的煎饼炉，许多居民站出来为她说话求情。小水终于获得临时设摊证，为之雀跃，姐姐可以安心上学了。可是大水于心不忍，还属于小水自己的生活，匆忙嫁给大二十多岁的老板，小水万念俱灰，满怀悲愤，踏上返途。作者仍然将视角对准小人物，崇尚善良真诚，给予小水强烈的同情。读罢掩卷之时，一股沉重的悲怆感掠上心头，我想读者们也会产生同感。

　　《清明拾忆》《想起二和尚》，是作者自身经历经受，曝光了一些阴暗面，一些不便示人的个案。前者，母亲身患重病，需要一种特效药，惟有华侨商店有售，须凭外汇券购买。由于没有这种券，只能到黑市上找"黄牛"，交易中被便衣警察抓获，带进派出所。一位年长的警察教育一番，准备放行，可是年轻的领导坚持公事公办，没收所有赃款赃物。事隔数日，"黄牛"竟然主动送药上门，并言明券不收钱。"因为我也有母亲，那天看你在派出所着急的样子，我就想好了，出来给你买药"。后者二和尚，是旧上海青帮中人，新中国成立后被判刑，出狱时拖着一条病腿，整天躺在破椅上晒太阳，靠变卖家产度日，时常断顿，唯独一块手表不卖。即便这样的人，也喜欢孩子，看见有人欺负小孩，就会大声喝止。"文革"期间，有人揭发手表系杜月笙赠予，"造反派从奄奄一息的二和尚手里夺走了这块表，名曰上交国库"。

不可否认，阳光下也有阴影，世上从来没有纯粹的好人，也没有纯粹的坏人。人类文明进步的程度，体现在社会组织和社会秩序上，好则好人多，坏则坏人多。文学作品的功能之一，当是赞美弘扬人性的善良，从这个意义上看，作者不回避现实，态度客观积极。

文稿中游记数量不多，其中写贵州山水景观的就占了四篇。顾雄在贵州待过几年，是一家杂志的编辑，对那里情有独钟，在此不一一论述。他还写了几位书画家，对中国传统书画有了解、有见识，论书品画的同时，融入书法家、画家的个性色彩，读来同样引人入胜。

顾雄是具才气、富灵性的散文作者，作品有内涵，有情节，可读性强，文字简洁平实，很少闲笔赘言。此次收入集子的篇章，皆有姿有态，有声有色，耐人寻味品赏。要说不足之处，他还不够专心，常常游移之外，可能是为生活所累。物质要求无止境，倘若摆脱这些羁绊，我相信，他的散文创作会走得更远，收获更丰硕。

是为顾雄散文集《秒末春秋》序。

**林 非**

（本文作者为中国社会科学院研究生院教授、文学系主任，中国散文学会会长）

# 目录

001 / 序

001 / 往事并不遥远

008 / 清明拾忆

011 / 养老院里过中秋

014 / 我的三哥

020 / 儿子大了

023 / 平凡的王老师

025 / 愧疚的思念

028 / 车祸

031 / 巧遇带来幸运

033 / 邂逅沈金贵

036 / 老街有个李正民

039 / 想起二和尚

042 / 水,生命之源

045 / 小水

049 / 修自行车的刘大

052 / 老赵的有机生态园

054 / 奉贤志弟

057 / 朋友

060 / 南行列车

065 / 宝应来的小袁

068 / 执着的小曹

071 / 苗人罗亮

074 / 香港胡老板

077 / 上海有个贵阳人

080 / 心静茶愈香

082 / 张洪琴律师

086 / 真实的秦怡

089 / 达观

091 / 扳腕子趣话

094 / 静安寺记忆

098 / 永远的乡魂

101 / 梅影横斜

104 / 珍惜生命

107 / 诗人黎焕颐

110 / 导演宋崇

112 / 何锐印象

114 / 走近何为先生

117 / 想起老翟

119 / 三会康教授

123 / 扇趣

126 / 凯里茶楼侃上海

129 / 大美无形
　　　——唐天源绘画艺术赏析

135 / 波普的中国化
　　　——薛松的拼贴艺术

138 / 书有义画有情

141 / 大美无形话胡考

144 / 士兵篆刻家

146 / 仁葵仁兄大画

150 / 景德镇响瓷

153 / 黑桦林

157 / 我和马的交情

161 / 闲话人参

163 / 黄士和的人生片断

167 / 大森林的娇女

169 / 贵州采风四题

174 / 圆头村里过元宵

177 / 挚友苏元族

180 / 松兰山上杨梅红

183 / 增城美

185 / 长沙一日

187 / 敬亭山遐思

190 / 扬州、天长、滁州三记

195 / 天龙屯堡

198 / 走马湄潭

201 / 寻访曼西梁子

204 / 温情罗甸

208 / 金沙行

211 / 后记

# 往事并不遥远

苏轼有词云："十年生死两茫茫，不思量，自难忘。"母亲离开我们已经整整十八年了，我儿子今年十八岁，母亲是在孙子出生五个月时过世的，当时我多么希望儿子叫一声奶奶啊！我的母亲是一个平凡的妇女，她的生命旅途像她那一代大多数中国妇女一样，苦吃得多，难受得多。她九岁随外婆从江苏老家来上海，当年就进申新九厂做童工，一做就是几十年。六十年代初，国家困难，工厂裁减人员，母亲主动申请辞职，回家当家庭妇女，当时叫作"为政府挑担子"。

我童年记忆里，最难忘的就是那个时期。那时我上小学一年级，早晨上学喝碗稀粥，第一节课下课撒泡尿肚子就空了。从第二节课开始，一直到第四节课结束，我都是处在饥饿和期盼中，盼到放学，我总是一路快跑回家。我家中午吃干饭，外婆照例把饭分装在各个碗里，大孩子多点，小孩子少点，我最小，饭也最少。起初我吃得很快，总希望姐姐或哥哥看见我吃完了会从他们自己的碗里拨点给我，可我的期盼总是落空，因为他们都比我吃得快。以后我就改变了，尽可能地慢慢吃，数着米粒吃，细嚼慢咽边吃边品尝，就是这样，碗里的饭终要吃光的，沮丧和失望会伴随我到第二天中午。在我的记忆中，那几年外婆没有吃过一次干饭。那时候煤球炉烧饭，免不了有一层锅巴,很硬的,外婆往锅里放点水泡一会,再去炉子上煮了吃下去。晚上,外婆在我们喝光了的粥锅里,倒点开水四周晃一晃,喝下去就算吃过了。

我大姨就是那年带着她儿子从江苏老家来上海的。大姨的儿子小我一岁,头上光光的,只有后脑勺上留了一绺头发,编成一条猪尾巴似的小辫子,我们都叫他"小辫子",其实大姨也叫他"小辫子"。我们都爱逗他,摸一把他的光脑壳,拽一下他的小辫子,看他躲在大姨身后扑闪着不解的、惊恐的眼神,露出无助又滑稽的模样,我们就开怀大笑。大姨带来了地瓜干,脆脆甜甜的很好吃,就是量太少。大姨还带来了两只鸡,这就意味着我们要吃鸡了。可是自从大姨来了以后,父亲整天沉着脸,动不动就大声训斥我们,家里的气氛变得很紧张,很阴沉,我不明白是为了什么。

有天下午我放学回家,大姨没在,带着"小辫子"上街去了,母亲给鸡喂了一把米,恰恰被此时回家的父亲看见了。父亲向来脾气急躁,但这次发那么大的火我还是第一次见到,他挥舞着手臂大声叫嚷,额头上根根青筋凸出,"人都喂不饱还喂鸡,看你喂,看你喂!"他一步扑上前去,两只手各抓住一只鸡狠狠朝地上摔去。

许多年后我下乡在黑龙江,也干过偷鸡摸狗的勾当。鸡看似很专注地觅食,我和同伴们悄悄靠上去,一看时机成熟就猛扑过去,但是鸡总比我们敏捷,它们会在最后一刹那逃脱。可是父亲当年却毫不费力地抓到了同样的活鸡呢,道理其实很简单,因为那是两只饿极了的鸡,进食维持生命是它们的第一需要,根本顾及不了外来的危险。

就在我们吃了被摔死的鸡的第二天,大姨带着"小辫子"走了。不久外婆也病倒了。母亲和我大姐送她去医院,医生没说得什么病,只让抬回去养着。外婆回家躺了三天,第三天的晚上她突然叫我母亲,说要吃几块饼干。母亲赶紧爬到阁楼上去拿,说外婆想吃东西就好了。可是第二天早晨，我们被母亲的哭喊惊醒，外婆已经死了，手里还捏着昨晚给她的那几块饼干。

　　此后母亲总是责怪父亲，说他气走了大姨，外婆才得病的。其实不然，外婆的真正死因是饥饿导致的衰竭。父亲拒绝来躲饥荒的大姨，确实有些狭隘和自私，但他作为五个同样饥饿着的孩子的父亲，是可以理解和宽容的。我后来知道，那几年饿死不少人，粮食就是命，父亲不具备自己吃不饱穿不暖反而去支援别人的境界。

　　到不再挨饿的时候，意料不到的事情却发生了。有天早晨最先起床的母亲一开门，就看见了贴在我家房门上的大字报。母亲很生气地嚷开了："谁干的，哪个缺德的干的？"时间尚早，弄堂里还没有几户人家起来，被母亲这一嚷，倒引来不少人围在我家门口看大字报。我前一天游泳着了凉正发烧，晚起了一会，大字报的内容才看了一半就被我大姐三下两把地撕了。大姐用脚踩着大字报说："谁写的有胆量站出来，不要搞错了，我们也是工人阶级。"没有人站出来承认，也没人说什么，该上班的上班，该上学的上学，一切又归于平静。

　　这天我请了病假，躺在床上，浑身都很疲软，眼前总是浮现大字报上说母亲是纱厂拿摩温的那段话。我看过由沪剧改拍成的电影《星星之火》，那里面有个凶狠的拿摩温，可我怎么也无法把电影里的拿摩温和我母亲联系起来、等同起来。中午，母亲叫我吃饭，我摇摇头，一点食欲也没有，话都懒得说，母亲让我喝点开水吃下药片。不知什么时候，我在迷迷糊糊的昏睡中，被一阵翻箱倒柜和摔东西的声音惊醒，我从睡觉的阁楼上跑下去，动作极快，一点也不像正在发烧的病人。当时我所看到的情景，和我立即冲上去之间的过程，顶多只有几秒钟，两个红卫兵扭着我母亲的胳膊用力往下按，另一个拿着剪刀正要剪我母亲的头发。我只感觉到血直往头上蹿，立即扑上去，连冲带撞，又打又踢，三个红卫兵竟然被我打倒两个。

我学过几天武术，但主要原因是对方没有防备，随后很快得到证实。当他们看我只是一个身高不到一米五的孩子时，立刻从地上跳起来，愤怒而凶猛地朝我扑来，一阵拳打脚踢。开始我还躲闪，由于屋里空间局限，我被迫退到了死角，本能地用手护住头部，任凭雨点般的拳脚落在我身上，我母亲惊喊救命啊！

  事情的变化常常是意想不到的，那天在市郊一所中专上学，平时每个周末才回家的二哥，竟然鬼使神差似地回来了。二哥小名叫二虎，长得膀大腰圆，自小就爱打架，他像往常那样甩着膀子跨进家，衣袖上也戴着红卫兵袖章。当时我只听到二哥猛吼一声："你们干什么？！"几乎与此同时对我的殴打停止了，我一眼看见二哥，他真像一只老虎那样前扑后扫，左冲右挡，勇猛无比。从背后发动的打击奏效了，那些红卫兵开始乱套，我也冲上去加入反击。我找的目标是一个戴着厚眼镜、打我最凶、估计是个头头的家伙。我奋力打出的一拳，正好击在他的左眼上，他嚎叫一声立即用手捂住了眼睛，我看到血从他的指缝间流出。

  这场战斗的制胜点，也许就是我打出的那拳。因为"眼镜"退出了战斗而动摇了军心，对方丧失了斗志，当第二个鼠窜般地逃出我家时，其余几个顿作鸟兽散。我和二哥是拼命的，拼命的精神改变了人数上的劣势。我们乘胜追击，从弄堂里一直追到马路上才作罢。

  从这天早晨到下午所发生的事，让我父亲十分不安，他担心这些红卫兵会卷土重来。父亲担心的事情并没有出现，那些红卫兵再也没来。那又是谁给我家贴大字报，并且招来这些人的？大字报揭发我母亲是拿摩温，那是很久以前的事，显然这个人知根知底。父亲想了很久，他说我这辈子没有得罪谁呀。父亲是个洁身自好的人，他待人处事的一贯原则是：我不沾别人便宜，我也不给别人什么。他经常对我们说一句话，吃人家的嘴软，拿人家的手短。究竟是谁捣鬼、向我家发难，揭开这个谜底的是三哥。

　　三哥是我家智商最高、学习成绩最好的，他在一所重点中学读初三，自小就爱绘画，还写得一手好字，摹柳公权几可乱真，似乎有几分天赋。据我所知，我家祖上几代，并没有画家、书法家之类的人物，倒是父亲年轻时曾有过一段附庸风雅的日子，手里有几个余钱就去淘些字画来，多是清末民初一般画师的作品。大字报揭发我家有"四旧"，红卫兵来抄家，或许就是这些"四旧"启蒙了三哥的爱好，使他对绘画产生了兴趣。"文革"前夕他参加工艺美术专科学校的招生考试，画一个在田里劳作时抽旱烟歇息的老汉，几个监考老师竟驻足看他作画。但是录取通知一直没来，三哥去学校询问，老师无奈地告诉他招生工作停止了。三哥参加红卫兵是在家里出事以后，而且很快当了小头头。他活学活用毛泽东农村包围城市的战略思想，不事声张，一步一步深入到周边的红卫兵组织里，摸底了解，排查暗访。万安中学红卫兵头头左眼皮上一道愈合不久的疤痕，引起了他的注意，谜底由此揭开，我家邻居郭家的女儿就在万安中学。

　　父亲最初的反应很惊诧，万万没有想到，郭家和我家几十年邻居，一向和和睦睦，从未发生过纠纷，怎么会呢？其实事出有因，父亲早年在英国籍犹太人哈同开办的电车公司上班，当时市内交通建设刚刚开始起步，作为一种新兴产业，且又是洋人办的，收入较其他企业略高一些。父亲是开车的司机，有一次日本兵封锁了父亲途经的路段，在道轨上安置了裹着铁丝的木马，父亲没有停车，撞开木马继续行驶。一个星期以后，父亲从日本宪兵队的监牢里出来时，哈同的翻译米先生亲自去接，并当场宣布升任父亲为车队长。这也算是一种机遇吧，米先生赏识当时还年轻的父亲，主动教他学英语，不过是一些工作和生活中的常用语。尽管这样，父亲在别人眼里似乎高出了一头，时常有人来托他去找米先生说项求职，父亲一般都尽力而为,能帮则帮。小我父亲十几岁的郭大鸿,托我父亲替他找工作,父亲答应了,给他拿了报名号牌,身体也查验了,可是结果没被录取,原因是郭家没给管事的送礼。父亲说报名费是我出的,不见得还要我送礼吧?他断定这是郭家报复的原因。

生物在合适的空气和土壤里发芽成长,而有些人则如同窥察猎物的豹子,在蛰伏中等待时机。郭大鸿终于等到了机会,在那个特殊的年代,露出了尖牙利爪,成了响当当的造反派。"一月风暴"他在安亭卧轨,又率"北上返沪兵团"夺了市委的权,"文革"结束,他在狱中病死,这本不足惜,可惜的是他的女儿。

他的女儿在万安中学读初三,长得十分漂亮,柳叶眉,大眼睛,眼睫毛很长,有点像欧洲人的脸型和五官,身材完全符合芭蕾舞演员的标准,是我们这一带出了名的美人。她还能歌善舞,极富表演天分,她对资本主义线路的控诉,使整个会场为之激动,为之泪下,为之疯狂。数位相当级别的老干部,就是在这类批判会上被当场打伤致残。有位"三八式"的老同志忍无可忍而斥之,你们是什么东西!即被乱棍打死在台上。她的结局同样很凄惨,在被戴上手铐时突然疯了,以后大多时间都在疯人院里。她在时好时坏的病态中,最喜欢做的一件事就是脱衣服,一件一件地脱,直脱到一丝不挂完全裸露,还会做出各种舞蹈姿势,纵然最无邪的目光掠过她的胴体,也会不由自主地感叹,真是太美了!

人们总说善有善报恶有恶报,我并不相信报应之说,但我相信多行不义必自毙,郭家父女的结局就是最好的证明。

母亲确实当过拿摩温,只是类同于工长的称谓。母亲九岁当童工,十四岁做拿摩温,靠的是熟练的技术和在姐妹中不错的人缘。母亲所在的纱厂是著名共产党员顾正红所在的申新九厂,母亲参加了顾正红领导的罢工,并且因此被资本家开除。我常在想,一个民族应当把历史真相客观地告诉子孙们,而不是颠倒黑白,断章取义,为利用而用的那种，这其中的意义十分重要。

母亲先于父亲过世，是因为她承担得太多，付出得太多。一个家庭要承担三个子女去农村接受再教育，真正受煎熬的是母亲，她要给我们寄生活费，添衣物，还要给我们准备回家的路费，就父亲那点工资，该是怎样地精打细算、省吃俭用啊！尽管如此，母亲还常常去菜场买些挑剩下的小鱼，洗净去除骨刺，很精心地制成可口的鱼松，分别寄给远在天南海北的儿子们。母亲临终时还很歉疚地说，什么都没给我们留下。

人活在世上真正能够留下的惟有精神。在我母亲，一个平凡的中国妇女逝世十八年后的今天，我想对自己说，也想对我的下一代说：要记住并不遥远的往事，永远记住！

## 清明拾忆

清明节又来临了，我和家人一起去苏州为父母扫墓，又碰上雨天，打着伞往山上攀行。好在祭扫时雨停了一阵，我们照例点烛，敬香、叩头、焚烧锡箔纸钱。近旁几个扫墓的人说，老天开眼，让阴间的人收钱了。可是未及下山，又下起了雨，我们就近找了一家饭店，吃午饭。窗外雨丝涟涟，远处坟山静默，一种难以排遣的肃穆气氛，弥漫在这家墓区饭店。

在苏州购买墓地，是应了父亲生前的要求，但没说具体原因，从一张父亲40岁游览虎丘时的留影，我们子女揣测他大概喜爱苏州。母亲先于父亲去世，她离开我们时才67岁，转眼已经过去20多年了。囿于当时的医疗条件，母亲身体虚弱，血色素低，走遍上海几家大医院，均查不出她的真正病因。母亲生命的最后一段日子，医生建议用一种叫血清白蛋白的针剂，那是1982年的冬天，我们兄弟几个分头跑了多家医院和药店，都没买到这种药。后来总算打听到，这种进口药只有侨汇商店有卖，每一剂除了药价，还要30张侨汇券。我家在国外无亲属，同事和朋友也多是普通老百姓，要想获得侨汇券的唯一办法，只能到黑市上去找"黄牛"。

那天我请了假，早早赶到侨汇商店，因为进去要凭证，我只得在店外徘徊，寻觅像"黄牛"模样的人。快到中午了，没有找到一个"黄牛",想到躺在病床上的母亲,心里很焦急。忽然肩上被拍了一下,回头一看是个年龄与我相仿的人,他说你要券?我忙连连点头,像遇到救星似地一把拉住他的手,可是那人瞪了我一眼,用力甩开我的手,掉头就走。我愣怔了一会,想他可能误将我当便衣警察了,于是急忙赶上去。我跟着那人走进一条僻静的弄堂,为了消除他的疑虑,我先说明买券的用途,并且举起手里的一只保温瓶——血清白蛋白必须冷藏。他相信了,说其实已经打量我很久,不像是"条子"。我拿出钱,他拿出券,可是万万没有想到的一幕出现了,几个人突然围上来,紧紧抓住我和"黄牛"的手。

我们被带到派出所,一位年长的警察有眼力,看出我并非"黄牛",因此区别对待,没叫我像"黄牛"那样抱头蹲在墙角。随后我所在单位的领导赶来,证明我的陈述属实,希望酌情处理。年长的警察说,小伙子,买卖证券是违法行为,不过你的情况特殊,这次就不处理你了,下不为例,拿上你的东西走吧。不料坐在另一张办公桌上的一个女警察却说等一等,看她的年纪也应该是个母亲,尖尖细细的嗓音,却隐隐透出了一种威严,原来她是指导员。指导员将年长的警察叫到另一个房间,几分钟后她向我宣布处理决定:参与黑市证券买卖,人赃俱获,本应严肃处理,念事出有因,且属初犯,免于处罚,赃款赃物予以没收。我走出派出所时,一股悲哀涌上心头,眼泪忍不住夺眶而出。

几天以后,传达室打来电话,说有人找我。同样万万没有想到,找我的人竟然是那个"黄牛",他举起手里的保温瓶说,药给你买来了。我简直不敢相信,更让我不敢相信的是,这个"黄牛"说券不要钱,算我送的,你就付买药的钱。那一刻我真是又惊又喜,惊喜交加,连声道谢,并拿出买券的钱给他。可是他执意不收,相持不下之时,他说了这样一段话:我也有母亲,那天在派出所,看你着急的样子,我就想好了,出来就给你送药。我想记下他的姓名和住址，日后登门感谢，但他摇摇头，转身便走，头也没回。我曾几次去侨汇商店附近找过他，始终不见踪影，我想他可能不做"黄牛"了，从此再没见过，但心里一直记着他。

　　血清白蛋白有了，哥哥姐姐们都很高兴，可是母亲说太贵了，拒绝用，怎么劝说都无效。母亲说，人都要死的，就像油耗尽了灯灭掉一样，打这么贵的针，多活几天不值得。一个九岁就到纱厂当童工的人，一个辛劳哺育六个子女的母亲，在生命的最后时刻，依然保持着那种精神，这就是我平凡而伟大的母亲。

　　雨终于停了，太阳出来了，我们踏上归途，一路上都很少说话，似乎都在想着什么。身体发肤，受之父母，永远怀念父母，感恩父母，天道人道。我也想起了那个"黄牛"，他现在何处，生活得好吗？

# 养老院里过中秋

中秋节前夕接到养老院的信函,邀请我和妻子去那里过节。岳母住进位于浦东合庆镇的爱心养老公寓不过两个月,妻子每周要去看望一次,总是放心不下。女儿尽孝情理之中,可岳母反倒有意见了,她嫌女儿来得太勤。

岳母是个闲不住的人,原来在老弄堂就爱管事,张家长李家短,经她一摆弄便烟消云散,是具专业水准的业余调解员。自从搬进新居,高楼壁垒,再者年事已高,上下不方便,白天家里没个人影。她终于耐不住了,坚决要去养老院,那里有做伴的人。果然,没去多久,她就有了不少伴,早晨一起练健身操,然后一起喝茶聊天,午休以后又一起打几圈牌,身体和精神都比在家时要好。可是女儿一去,便干扰了她的"按部就班",因此下令:以后一个月来一次。

中秋节这天,我们早早就出门,先坐地铁,再转乘公交,很快到了合庆。我虽然生于上海,长于上海,可此前并不知道有个叫合庆的地方。第一次来养老院"探营",妻子说这里靠江,晚上散步看看江景很不错,我妈会喜欢。第二次带岳母来,她倒没在意什么江景,而是看好养老院里的一条长廊。这条古色古香的木结构长廊,很有些妙处,它连通各幢大楼,而且每隔几米便设有固定桌椅。岳母马上说,好,这条长廊好,下雨天我照样可以散步,可以串门,还可以打牌聊天。岳母还说这条廊的名也叫得好,"畅廊"不就是舒畅的意思嘛,老人有舒畅足够啦。

这天,养老院里灯笼高挂,彩旗飘扬,洋溢着节日的气氛。大餐厅里坐满人,几乎所有老人的子女亲属都来了,一片欢声笑语,浓浓亲情。岳母好似很忙,和我们见过面,便没了踪影。快到吃午餐的时候,岳母才出现,她和养老院的彭经理一起走进餐厅,并且站在中间的位置上。彭经理先讲话,他说中秋团圆聚会,本应在晚上月亮升起的时候,可是考虑路途较远,大家都要赶回去,再者老人休息早,因此就放在中午。接着竟然是岳母讲话,她代表爱心公寓管理委员会欢迎大家,还介绍了为聚会准备的节目内容。我和妻子相视一眼,很有些纳闷:她怎么成了管委会的人?

此时,悠扬的乐声奏响,服务员开始上菜,大家边进餐边观赏演出。节目是老人们自排自演的,在自娱自乐中体现健康的精神面貌。我岳母也上场表演,她唱沪剧《卖红菱》,倒也有板有眼。最精彩的是肖老伯的二胡独奏《秋月》,很有几分阿炳的韵味,赢来阵阵掌声。聚会一直持续到下午四点才结束,我们本想和其他人一起走,可是岳母留我们一起赏月。

夜色降临,月华如银,老人们纷纷走进畅廊,凭栏而坐,品茗赏月。彭经理和服务员送来了月饼和水果,岳母将我们带给她的蜜饯等甜品分送给别人,别人也将家里带来的小吃回赠给我们,气氛和谐融洽。岳母告诉我们,院方要成立有居住老人共同参加的管委会,以便全面、细致地反映老人们的意见和要求。经大家推举,她和另两位老人作为代表,参与养老院的管理工作。看得出,岳母热心这份工作,以她业余调解员的经验,应该可以当好这个代表。

夜深了我们才离开,岳母送到大门口,又叮嘱一遍,以后少来来,尽管忙你们自己的。在养老院的一天,妻子和我都感觉可以放心了。其实老人对生活不会太奢求,需要的是被尊重。如果连起码的尊重也丧失了,还会有其他吗?一位哲人如是说:木乃伊也有过如花似锦的岁月,既然人都要老去,今天尊重和善待老人,明天得到尊重和善待的将是自己。

# 我的三哥

母亲头胎生养了姐姐,那时重男轻女,父亲去寺庙上香拜佛,和尚起名关女,意思很明了。岂料真把"女"关了,母亲后来一连生了五个儿子,此为巧合,还是无量佛法,谁也说不清,只有天晓得。

三哥叫顾贤,长我三岁。那个时代出生的人,几乎与新中国同龄,见证了共和国的历程。熬过旷时三年之久的饥饿,又裹入了史无前例的"文化大革命",再就是知识青年上山下乡。三哥自小话语不多,性格多少有点内向,兄弟中学习成绩数他最好。三哥喜爱绘画,而且写得一手好字,大姐结婚,他画了四条屏作贺礼,四个艳丽的少数民族姑娘翩翩起舞,美轮美奂,栩栩如生。三哥初中毕业,报考工艺美术学校,录取通知来了,不料"文革"爆发,学校停止招生。那段时间他足不出户,沉闷了很久,有同学拉他去北京串联,可他不愿北上,说"文革"跟他没关系,既然免费乘火车,南方比北方好玩,他跑去了广州。我至今还记得,他带回来一大串金灿灿的香蕉,一家人吃了几天。

三哥被分配到崇明农场,先在砖瓦厂,担负极为繁重的体力劳动。我和家人曾去看望,他黑了,瘦了,但精神面貌尚好。青春年华,爱情不期而遇,三哥和农场削笔刀厂的一个姑娘相爱。那个姑娘不仅容貌姣好,而且出自干部家庭,作为工人的儿子,三哥多少有点高攀了。不久轮到我上山下乡,远赴黑龙江,三哥请了假,专程赶来送行,还带来了他的女朋友。我第一次见到未来的嫂子,落落大方,通情达理,感觉颇好。后来三哥从事蔬菜加工,与他的岳父有关,因为岳父在市蔬菜公司任职。崇明农场生产蔬菜,由于隔着一条江,交通不便,销售不畅,大量新鲜蔬菜烂在地里。三哥向农场建议成立蔬菜加工厂,解决保鲜和销售问题,领导没有理由拒绝,开办了一家蔬菜加工厂,并把我三哥调入厂里。可能当时三哥自己也没想到,他跨出的这一步,进入蔬菜加工行业,竟然成为他毕生的工作和事业。三哥聪明能干,学什么像什么,很快适应新工作,还展现出杰出的管理才能。他当过厂长,当过中日合资蔬菜公司总经理,历来重视生产质量,讲究商贸信誉,为农场创造了可观的经济效益。

我从黑龙江返城以后,几次去崇明看望三哥,他总是热情招待,手足之情笃深。但我也看到了存在的问题,三哥忙于工作,三嫂忙于打麻将,整天泡在牌桌上,而且常常通宵达旦。女儿放学回来,没有饭吃,三嫂便拿出钱,让女儿独自出去买了吃。我与三哥谈过,可是三哥却很无奈,或许是"高攀"留下的后遗症,三哥对妻子缺乏制约力。更大的问题是,他们对女儿的关心少了,几乎不闻不问,放任自由。事物总是发展的,如同人生病一样,若非及时治疗,势必影响健康,甚至危及生命。三嫂沉湎于打麻将,先是小赌,再是大赌,一发不可收拾。女儿学习成绩直线下降,还经常逃学,虽为女儿身,却像男孩一样参与打架,成了班里的一霸。

中日合资蔬菜公司效益非常好,有一年春节前夕,厂里准备发放奖金,由于数目较大,支部书记提出请示总场。三哥认为遵照合资企业章程,投资双方,即农场和日方均已按比例赢利,超产部分应同样按规定奖励职工。那年每个职工都拿到了大笔奖金,高高兴兴过年，可是三哥因此得罪了领导，春节过后即开始调查，农场管理局也派人来，动静弄得很大。账从建厂开始查起，一连忙了几个月，没查出任何经济问题，最终结论：作为厂长，未经批准擅发奖金，予以免职处理。三哥提出停薪留职，自己办了一家蔬菜加工厂，因为资金有限，经历了难以想象的艰难。三嫂依然我行我素，欠下很多赌债，据我所知，三嫂几乎向每一个能借到钱的人都借了钱，其中不少是用三哥名义借的。三哥替她全数还清，并不得不向亲友同事申明，以后概不负责。

  人生难免遇到磨难，生活总是有苦有甜。三哥经营蔬菜加工厂，捉襟见肘，最困难的时候连蔬菜种子也买不起，但他挺过去了，生意渐渐好起来。三嫂却像着了魔一样，深陷泥潭，不能自拔。究其原因，客观地说确实存在一些社会因素。当时知青大批返城，而市属性质的农场毫无动静，恐怕要在崇明待一辈子，看不到希望和前途，颓废失意。但这并非放纵的借口，更不是堕落的理由，主要责任在于自己。她完全变了一个人，是非观、价值观错位，责任感全无。即便如此，三哥仍然尊重这份感情，尽力维持婚姻，可是三嫂毫无悔改之意，常常夜不归家。男人要脸面，要尊严，三哥忍无可忍，不得不提出离婚。死亡的婚姻应该解除，然而离婚的直接受害者往往是孩子，尤其他们那个缺乏管教的女儿，有了更大的自由度。

  三哥工作很辛苦，经常出差，天南地北到处跑，由于劳累致使抵抗力减弱，得了哮喘病。这种病难以根治，每年总要复发一两次，需用抗生素和止喘喷剂，此类激素药用多了会产生抗体。我认为三哥得病虽与辛劳有一定关系，但主要因素是婚姻带给他的心灵打击。更何况三哥是个好强的人，什么都自己扛，痛苦埋在心里，终致积忧成疾。三哥养病期间，我曾和他聊及绘画，希望他重拿画笔，作为爱好自娱自乐，可是三哥摇摇头，一语不发。我知道三哥对改变他人生走向的"文革"耿耿于怀，从此不再画画，但未免过于偏执，心胸不够开阔，这或许正是他性格的缺陷之处。

三哥无力继续经营蔬菜加工厂，赋闲了一段时间以后，受聘于一家韩国公司，名义上是副社长，实际就是跑业务的，联系国内蔬菜加工企业。他在业内口碑颇好，既为韩国提供货源，又为工厂拉来出口业务。韩国老板很精明，常常以各种理由克扣工厂利益，三哥深知工厂不易，以量获取微薄利润，尽可能维护工厂权益。老板自然不乐意，几次三番欲去之，但国内工厂不答应，只能作罢。三哥到了法定退休年龄，向韩国方面提出辞职，其实工作并不太累，完全可以干下去，主要是对老板不满意。可是国内工厂再三要求三哥留任，不然宁可不做韩国生意，三哥考虑工厂蒙受损失，才答应再干几年。就是那年，和三哥的前妻一起生活的女儿沾染吸毒，被强制戒毒两年。我和三哥一起去戒毒所看望，三哥苦口婆心规劝，他女儿也答应不再吸毒。为女儿生计考虑，三哥想投资为她开个商店，让其自食其力，过正常人的生活。毒品危害中枢神经，戒除绝非易事，三哥的女儿虽然戒了一阵，但经不起吸毒同伙的诱惑，很快又复吸了，再次强制戒毒。三哥失望至极，发誓不认这个女儿，可他的脾气变了，常常为一些小事发怒。我知道，三哥因为女儿的事情，身心遭受重大伤害，那是真正的痛啊！

今年7月，三哥感觉头晕，我带他到我妻子工作的宏康医院检查，血指标全部不正常。我们意识到问题严重，即去一家以治疗血液病闻名的三等甲级大医院，验血结果与宏康医院的报告一致，基本诊断为再生障碍性贫血，确诊尚需骨髓穿刺检查。在排队等待穿刺期间（一个月），三哥开始发烧，每天高热不退，本应收治入院，无奈一床难求。我们想了不少办法，人托人，终于得到内部消息，这家以治疗血液病闻名的三甲大医院，血液科仅12张病床对外，根本轮不到我三哥。治病救命要紧，我们只能退而求其次，通过熟人关系，让三哥住进了一家二甲医院。但凡换一家医院，所有检查必须重头来过，三哥高烧不退，多日未进食，一项项检查下来，弄得疲惫不堪，病情反而加重了。医生用了退烧药，但效果不佳，这与三哥因哮喘长期服用抗生素，产生抗药性有关。然而，令人费解的事情发生了，医生对极度虚弱的三哥实施化疗，一疗程5天，进行到第二天时，病人出现异常反应，才不得不停下来。可是三哥从此再未恢复过来，病情急转直下，自7月31日自己走进医院，到8月18日，短短19天便死在医院里。他才68岁啊！

医院与病人之间，医生与患者之间，信息完全不对称，因此医院和医生有告知的责任和义务。对三哥进行化疗，既未告知患者本人，又未征得病人家属同意，在我们提出质疑后，医生才说用了进口药物，与一般化疗有区别，但属于化疗。虽然不能妄断这是一场医疗事故，但医疗措施确有不当之处，至少化疗早了一步。我们忍痛接受这个事实，未发生任何医患纠纷，因为我们了解医院的现实状况，社会上所存在的一切弊端，医院里应有尽有，甚至更为集中，更为典型。事实上，几次所谓的医疗改革，很大程度淡化了医院本该承担的公益性，尤其是实行经济承包，医院要生存，医生要养家活口，不得不以赚钱赢利为第一，致使救死扶伤的圣洁之地，几近于尔虞我诈的商场，何谈医德良知！纵观过往与当下，无数事实证明，哪里赚钱最容易，哪里贪污腐败最严重，哪里道德最沦丧。娱乐圈乱象，明星天文数字片酬，阴阳合同偷漏税，造成极其恶劣的社会影响。医院重复检查，过度治疗，滥用进口药物和器材，一个价值数百元的支架，用在病人身上竟高达数万元，一人得病足以让一个家庭贫困，乃至负债累累。欣慰的是，娱乐圈乱象已经开始整治，偷漏税将被追究法律责任，而面更广、受众更多、直接关乎生命和健康的医疗行业，又当如何呢？

三哥特别孝敬父母，珍惜手足感情，兄弟之间谁有困难，他都愿意出手帮助。今年清明去苏州给父母扫墓，三哥上山时气喘吁吁，仍然坚持爬到山上，其实病魔已潜伏在体内，现在回想起来非常后悔，如果早一点发现，可能不至于如此。

三哥对文玩收藏具有较高的鉴赏能力，时常淘得好物件，尤其对玉器的质地和雕刻艺术，一目了然。他亲手制作的植物盆景，既体现他对生活的热爱，又展示出他的美学素养，看来赏心悦目，可谓大自然美景的高度浓缩。

三哥是一个平凡的人，他平凡的一生，虽然说不上完美，甚至有点缺憾，但他认真做人，努力做事，尽可能地为他人着想，作为一个凡人已然够格。

三哥，安息吧！我们永远怀念你。

## 儿子大了

儿子已经24岁,家务事从不过问,下班回家吃了饭,碗一推就走人,电游玩到深夜,催他许多遍才肯上床。在我眼里他还不懂事,还没长大,也不知道什么时候,他才能真正长大。

年前,我因病住院,妻子下了班就来陪护照料。我们还为儿子担心,他不会做饭怎么办、他洗澡忘关煤气闸门有危险、他贪玩晚睡上班会迟到……入院的第二天下午儿子就来了,他向单位请了假,专门跑到南京路土特产商店,买来了我爱吃的北京山楂糕。他还带来了一盆水仙,是我入冬时就养殖的,已经结出了十多个花蕾,很快就要吐苞开花。他将水仙置放在我的床头柜上,然后阳光地朝我笑笑说,爸,水仙花开了,你的病就好了。此后每天晚上,儿子下了班就到医院来,边削水果边陪我聊天,临走时总要我催几遍,才依依不舍地离去。过了元旦,儿子来接我出院,走进家门简直不敢相信,屋里收拾得井井有条,干干净净,茶桌上摆放着一整套功夫茶具,就等开水来煮茶。那一刻我忽然意识到儿子长大了,懂事了。喝着香气四溢的乌龙茶,我想以前对儿子的认知可能太少,太不全面。妻子不这么看,她说人往往是逼出来的,肩上有压力,心头才会有责任。妻子说得也对,人是有潜质和潜能的,只是需要一种被挖掘的机会,如此看来我这场病生得也值。

今年春节将至，儿子说为我们准备了一份礼物，还要我猜猜是什么。我说送你妈妈什么我不管，我要一斤上好的乌龙茶就可以。儿子摇摇头，说我太老套，然后拿出两个信封，郑重其事地送到我们手里。我说你送我们压岁钱，这也算时尚？儿子又摇头，说你们看了就知道。打开信封轮到我摇头了，我说送什么不好，怎么送体检单？儿子说你再看看，是什么体检单。我草草扫了一眼，不以为然地说，都是体检，没什么两样。儿子说大不一样，这家医院是目前上海规模最大、设备最先进、服务项目最全面的专业健康体检机构。此时妻子接口说，宏康医院我听说过，确实不一样，我们单位也有组织体检的计划。儿子笑着说，还是妈妈了解，不过百闻不如一见，你们去亲身体会一下就清楚了。

事后我才知道，儿子为送我们这份礼，颇费了些心思。他先考虑送什么，选择送健康体检，想来与我上次生病有关。他在网上查资料，几经比较首选宏康，然后又专程跑去看，现场勘察眼见为实。当我和妻子从宏康医院走出，有了亲身体验，对儿子送的这份礼非常满意，对儿子的行为能力，有了新的认识。

随着生活质量的提高，人们的健康意识不断增强，而侵扰和危害生命的疾病往往隐蔽在体内，逐渐形成病灶。全方位的健康体检，可以早发现、早诊疗，是守护生命健康的有效途径。宏康医院的管理者正是基于这种理念，全套配备国际先进的医学检测设施，通过国家卫生部检测中心认证，确保检测结果的准确性。我和妻子对此是外行，但我们能感觉到临检医师的认真态度和丰富经验，他们全都来自三等甲级医院，从事医疗工作多年。我们更多感受的是，整个体检过程有条不紊，无需排队等候，避免男女同处一室的尴尬，充分享受舒适的人性化服务。体检后三天，我们就收到一份由首席终检师签发的完整健检报告。这是根据各科检查结果和主检师的倾向性意见而做出的最终判断，并签署确定性意见，同时还附有保健建议。然而，满意之余，我们略有担心，如此这般全面系统的体检，价格一定非常昂贵。春节时与儿子聊及，儿子要我猜，我报出几个数字他都摇头，最后说出的价位，实在使我意外，这是大多数人都可以接受的消费。我想，医疗部门的主旨首先应该是救死扶伤，社会与公众的信誉亦由此而来。

今年的春节过得最是舒心。儿子大了，懂事了。

# 平凡的王老师

春节前夕，我妻子游开昭终于和四十年没见面的王庆明老师联系上了，并且确定初四见面。此后她便开始准备，给老师带些礼物，首选营养品，王老师年近古稀。她还再三叮嘱我，汽车要检修一下，轮胎气压要测准，毕竟要跑350公里长途。临行前一天晚上，她对好了闹钟却难以入睡，是有点兴奋，更是一种期盼。

初四一早我们便起程了，由于雾天耽误了行程，抵达时已近1点。王老师手持一份报纸站在路口，这是电话里的约定，是担心相见不相识。可是当汽车滑向路边时，一位鬓发花白、精神矍铄的老人便迎了上来，我妻子一眼认出他就是王庆明老师。显然，岁月可以改变人的容颜，却带不走烙在心灵上的印象。

很早以前就听妻子说起王庆明老师。她刚进市西中学时身单体弱，可是王老师却发现她具有短跑潜力，王老师时任学校田径队教练，于是就将她招进田径队，百米跑出了好成绩，可见王老师有眼力。后来她去江西插队，能够经受繁重的体力劳动和生活磨难，就是得益于田径队的锻炼，得益于在王老师身上学到的坚韧性格，并且受益终生。返城以后，妻子曾去市西中学找过王老师，可他早在1974年就调离了。

在王老师家里用餐，菜肴丰盛且可口，出自王师母之手。王师母热情开朗，谈及往事她笑着说，王庆明调回兰溪是我下的"命令"。当时王老师调回兰溪，确实是因为夫妻长期分居，但做出这个决定确实很不容易。王老师毕业于上海体育学院，热爱教师工作，一心想为国家培养体育人才，因此很长一段时间将妻子的"命令"束之高阁。一次在操场上打篮球，他发现有位同学的体型条件很特出，是田径运动的好苗子。经过一段时间的测试和训练，情况比预想的还要好。他开始下功夫培养，同时积极向市田径队推荐。这位同学后来成了国家队跨栏运动员，就是培养出世界跨栏冠军刘翔的著名教练孙海平。当然，这是后话了。不过孙海平被市田径队录取，倒使王老师改变了想法，他认为即便回兰溪，也一样可以发现和培养出体育人才。

事实正是这样，王老师到兰溪第二中学任教，每周上18节体育课，另外要带校男女田径队、排球队、举重队训练。其中举重训练是晚上在他家的小园里进行的，没钱买杠铃，就用拖拉机旧齿轮代替。经过数十年如一日的不懈努力，训练条件十分简陋的举重队，一批又一批运动队成长起来，一名又一名优秀运动员被输送到省市和国家队，其中两名运动员在国际比赛中取得优异成绩。王老师担任教委副主任以后，注重增强市民健身意识，广泛开展各项体育活动。作为市政协委员，王老师积极参政议政，提交建设兰溪体育馆等多项有见地的议案。

在兰溪的两天，王老师和我们一起上街，一起去景点游览，走到哪里都会碰到他的学生，都能感受到学生对老师发自内心的敬爱。我妻子也一样，她对王老师念念不忘，并非因为某件刻骨铭心的大事情，而是在日积月累的平常和平凡中，感受到了老师对学生的责任感、对学生的大爱之心。

"举世不师，故道益离"。社会提倡尊师重教，崇尚道德仁义，从小做起，发自内心，蔚然成风，才是中华民族真正的复兴之日。

# 愧疚的思念

秋雨连绵的一个午后,我脚步匆匆地走在街道上,忽然听到有人叫我。抬眼望去,雨幕中站着一个打伞的中年妇女。我认不出是谁,正沉思着,中年妇女走近来,莞尔一笑说,我是沈慧琳呀!我愣怔了,凝神定睛地看着她,记忆的屏幕快速闪回,怎么也不能把那个叫沈慧琳的小姑娘和眼前这位中年妇女联系起来。她说我变多了吧?我回过神来,连忙说快三十年了,人都要变的,我也一样。她说你变化不大,还是瘦瘦的,一眼就能认出来。随后她告诉我,郁老师患肿瘤,晚期,没几天了,她刚去医院看过,郁老师还提起我。

那天我没去医院看望郁老师,因为贵阳那边有急事,要赶过去。几天后返回,就获悉郁老师已经去世的消息。我非常后悔,当时真应该去医院,和郁老师见最后一面。那天夜晚,我独自徘徊在原来小学校所在的路上,学校早已搬迁,旧址上矗立起一座五星级宾馆,霓虹闪烁,车辆进进出出,川流不息。可是我脑海里清晰地浮现当年的学校,那是一幢老洋房,一楼、二楼是教室,三楼是教师办公室,操场边上长着一棵很粗、很高的枇杷树……

我就读的华山路第五小学,在华山路和乌鲁木齐路交会的拐角上,离我家步行不过十来分钟,我在那里上了六年学。郁文玉老师是班主任，教语文课。我第一天上学，她第一天当老师，刚从师范学校毕业。我现在还能清楚地记得她当时的模样，梳着两根长长的辫子，短袖白衬衫，一条深颜色的长裙子，衬衫束在裙子里，亭亭玉立，一脸灿烂的笑容。郁老师得过全市普通话比赛第一名，说一口标准流利的普通话，很有感染力，而且听着很亲切。我小时候调皮，学习成绩不好，郁老师经常把我留下来补课，还专门安排沈慧琳和我坐一张课桌，她是少先队的大队长，成绩优秀。夏天枇杷熟了，我们一些男生总要去偷摘，少先队组织了护树队。白天偷不成，我们晚上翻墙进去，吃了个畅。第二天，不知谁打小报告，校长沉着脸来到教室，要把我交给总务处徐主任处理。徐主任当过志愿军，是一个十分严厉的人，他对犯错的学生不是面壁罚站两小时，就是关到楼道中间伸手不见五指的小黑屋里，同学们都怕他。郁老师对校长说，我班里的学生我自己教育，硬是把校长给顶回去了。另外班上的两个学生就没我这样幸运了。郁老师每个学期都要去学生家里家访，长期给几个困难学生买笔、买作业本，甚至买球鞋。我读四年级的时候，郁老师结婚了，她把喜糖带到教室来，分发给每个同学。郁老师带我们这个班，从一年级到六年级，一直是班主任。六年寒暑，朝夕相处，她对我们这个班的学生，不仅仅是老师，更像一个大姐姐。

"文革"来了，我们没有升入中学，滞留在小学里，一些学生也开始造反，批斗校长和老师。总务处徐主任更惨，被他关过的学生趁机报复，用木棍生生打断了他的腿。郁老师也没幸免，被剃了阴阳头，一个廖姓男生把她带进楼道中间的黑屋里，蛮横地猥亵了她。郁老师惊呆了，这个学生才十三四岁，学习成绩排在前列，怎么一下子完全变了，做出这种事情！但是她没有告发，深埋在心底，或许是软弱，也或许是善良。

"复课闹革命"，我们才进了中学，接着又上山下乡，一直没见过郁老师。知青返城以后，我也没去看望过郁老师，反倒是郁老师来我家看我了。她对我说，"知青现象"是时代产物，有许多东西值得思考，你原来作文很好，可以动脑筋写一写。我第一次听到"知青现象"这个提法，更是一种启发，尝试着写了几篇，其中一篇被文学期刊采用。我后来走上文学创作道路，应该说和郁老师有很大关系。可是我很少去看她，有时也想去，一忙又忘了，还是置于脑后。如今回想起来，深深后悔，深切自责。其实说到底，无非就是缺乏尊师道德、感恩情怀。良知总是要上了一些年龄才感悟，晚了。

翌年清明节前，我给沈慧琳打电话，约她一起去给郁老师扫墓，可是她也不知道郁老师的墓地在哪里。我想办法联系上当年的数学老师，才打听到墓址，在苏州东山。一个一个紧挨着的坟墓，郁老师的那个不足半平方米，非常简陋，是因为买不起像样的墓地？还是要求身后事从简？不得而知，我的心情很沉重。

扫墓归来，天色已晚。仰望布满星星的夜空，我相信郁老师也在其中，并且是最亮的那颗！

# 车祸

　　这是一件往事，过去了许多年，可是当时的情景依然十分清晰，如同一幅定格的画面，永远存活在我的记忆里。

　　1992年暮春的一个夜晚，我骑摩托车从马鞍山回上海，妻子坐在后座上。经南京至句容途中，过一座桥时，后面有汽车跟着驶来，我立即向路一侧靠去。下桥时那辆汽车几乎与我平行，此时前方突然有车驶来，为了避让迎面而来的车，汽车打右方向，快速朝我挤靠过来。慌乱中我一面踩制动，一面朝路边靠，眼看要窜进路旁的深沟里，急转车把之际，只听到一声轰响，摩托车猛然跃起，几乎是直立着在空中翻滚……

　　交通民警赶来处理事故，摩托车缸体撞在路边的一棵树上，树像被斧子砍了似的，齐刷刷地切掉一大块。而钢铁压制的机缸，整个一半都撞没了，能看见里面残留的齿轮，可见撞击力之大。难以置信的是，我和妻子脸上、身上均无外伤。交警说，你们真幸运，要是撞到身上，后果不堪设想。可是幸运之神并未特别关照，我的左腿开始刺心般疼痛，丝毫动弹不了。交警开车将我们送到附近的乡卫生院。当时已经深夜12点多了，卫生院里除了值班门卫，没有一个医生，要等次日拍片后才能诊断治疗。妻子担心我腿已摔断，建议回上海医院检查。她说我扶你到路边拦车，这里来往南京的车很多，到了南京再乘火车。她是对的，乡卫生院的医疗条件有限，腿真断了的话，应该到骨科著名的上海第六人民医院去。

我们离开卫生院，我拖着一条伤腿，一手搭在妻子的肩上，身体的重量几乎全压在她身上，缓慢地朝通汽车的大路上走去。那是个晴朗的夜晚，悬在空中的月儿很亮，田里的夏稻在夜风里摇曳，农舍的白墙青瓦清晰可见，四处没有一点声音，除了我们沉重的脚步。走到大路上，天已经蒙蒙亮了，不足一公里的路程，竟然走了两个小时。妻子到路上拦车，我坐靠在路边的一个草垛上，眼看汽车一辆接一辆驶过，就是没有一辆停下。我信心全无，又累又倦，很快便睡着了。不知过了多久，我被妻子摇醒，睁开朦胧的眼睛，看见她一脸的惊喜，听到她连声喊，有车啦，有车啦！天已经亮了，路边上停着一辆草绿色卡车，一个二十多岁的姑娘从驾驶室里跳下，站在车旁朝我们这边看了看，马上快步走来。姑娘渐渐走近，脚步很轻盈，齐耳短发下是一张秀气的脸。她说上车吧，我们正好回南京。

我的腿无力攀到车后厢上，姑娘将我扶进驾驶室，然后她和我妻子一起爬到了车后面。汽车向南京疾驶，男司机似乎不满意我占了他同伴的位置，始终一言不发沉默着。大约一个小时，看见了晨光初映的玄武湖，火车站到了。妻子和姑娘一起扶我进站，找了一个座位让我坐下。姑娘说你们等一等，我去买车票。她很快买了票回来，妻子将买票的钱给她，她说算了，你们路上用得着。妻子说这怎么可以，你已经帮了我们大忙，应该谢你才对，可是我们身上没带什么东西，你把地址留下……姑娘没等妻子说完转身便走。我突然一下子腾身站起，很快将手上的一只金戒指退下，塞进她手里。但是她连连摇头，用力推回了我的手，说：谁都会碰上难处，顺路带一下，很平常的事，换了别人也会。

上了火车，坐定下来不久，妻子左腿的膝盖处开始疼痛。好在我和妻子各自的单位派人来，直接将我们送到六院。检查下来妻子是膝盖骨骨折；我是胫骨骨折，伤势较重，整条腿全都上了石膏。医生说还算来得及时，如果错位就要动手术，麻烦就大了。养伤期间，亲人、朋友和同事纷至沓来，热情关怀，令人难忘。当然，更难忘的是那位年轻姑娘，危难时刻的救助，是一份恩情啊！遗憾的是，不知道她的姓名。我埋怨妻子，你和她一起在车后面，早该问清楚。妻子说车顶风大，说话听不清。她反过来埋怨我：你和司机在一起，你怎么不问？我没有说男司机不甚友好，因为我想男司机和姑娘可能是一对热恋中的情人，他不乐意我的出现，使他爱着的人到车顶上吹风。

　　这些年来，但凡有机会到南京，我总要去街上走走。我爱南京这座城市，更期盼遇上那个姑娘。我知道，找到她的希望很渺茫，但在我和妻子的心里，她永远那么年轻，那么美丽。

## 巧遇带来幸运

表弟早晨临上班前去菜场买菜，不慎滑倒，动弹不得，我获悉匆匆赶去。途中想表弟才五十岁，摔一跤应该不至于太严重。当看到他一脸痛苦状，连移步上车都极其艰难，才意识到严重性，估计已经骨折。急忙送到附近的宏康医院，经拍片诊断，果然是股骨粗隆间粉碎性骨折。

医生建议转院，并说明原因，这类骨折必须住院手术，而宏康是一所民营医院，目前只有门诊医保，除非自费治疗。表弟有医保，不必自己掏钱。我去办理转院手续，迎面碰见东方电视台的海成。朋友邂逅，既惊且喜，寒暄过后，我告知表弟骨折的情况，不料海成一席话改变了我们要转院的打算。

去年九月，海成83岁高龄的父亲在家摔倒，也造成了股骨粗隆间骨折，他请教一位邻居，第一人民医院骨科专家曹明君教授。曹教授很热心，比较了几种方案之后，提出打钢钉固骨。曹教授说这种方法简单，手术只需半小时，术后45天即可愈合。而开放式手术就是开刀，用钢板和钢钉固定，待折骨愈合再开刀取出固定件，病人不仅多吃手术之苦，而且花费高，要近十万元。海成采纳了曹教授的治疗方案，手术在宏康进行，曹教授亲自动手，圆满成功，所有费用仅一万三千元。

我将此事照本宣科，表弟的脸色顿时阴转晴，说这点费用承担得起，况且医保也有自付部分，就在这里治疗，但要请曹教授来做手术。我与宏康医院商量，院方慎重研究，表示同意，并进行了一系列术前准备。第三天上午表弟被推进手术室，我和表弟媳守候在门口。三十分钟以后，手术便告结束。因是局部麻醉，表弟神志清醒，面带微笑。下午曹教授亲自来查房，嘱咐我们去买双布鞋，在左脚后跟上钉一根木条。当时并不理解曹教授的用意。临离开时，曹教授笑着对我表弟说，你放心，春节就能走亲戚吃团圆饭了。

　　两个星期后，表弟可以下床了，穿钉上木条的布鞋，马上就有感觉，小小的木条起到固定作用，防止脚跟前后左右移位。这种极为简便的方法很有效果，可谓事半功倍，更说明曹教授丰富的医疗经验。四十天后取出钢钉，再过五天表弟就出院了，像以前一样行走，没有任何不适。春节他来我家，开怀畅饮，说幸好送到宏康医院，幸好碰到电视台的朋友，才有了曹教授的妙手回春。

　　巧遇海成，为表弟带来了幸运，也引发了我的思考。有些事情本来并不复杂，人为造成云里雾里，简单变成了繁复。譬如重复治疗、过度医疗，当属此例，医保不堪重负，实质侵害了大众利益。从逻辑概念上认识，医疗科学的进步，应该是化繁为简，能不开刀则不开刀，可少用药便少用药。中医历来重视治"未病"，表弟骨折固然是因为摔倒，但其中也有缺钙的因素。中老年人尤其要注意骨质疏松，适当补充钙质，适量增加运动，以防发生骨折。

## 邂逅沈金贵

那天乘公交车回家，车不太挤，过道里连我大约站着七八个人。眼看快到站了，平静的车厢风云突起，一个妇女尖声叫喊：你偷了我的钱包，快还给我！一个男人发虚的声音：谁偷你钱包啦，别冤枉好人。妇女：就是你，你别赖，快拿出来！一个四十岁模样的妇女死死扯住一个男人的衣袖，那男人一边甩手摆脱，一边向后退，他身后几步就是车门，汽车已经减速进站。此时有人大声说：司机同志，请别开门。一个人从座位上站起朝车门处走，车厢里许多双眼睛都看着他。这人的身材并不高大，但很敦实。就在这时，那发虚的声音突然变得大起来：你这个女人怎么搞的，自己的钱包掉在地上都不知道，还要胡乱说话。妇女往地上看了看，随即弯腰捡起了钱包，愤愤地瞪了他一眼。

那人走到妇女身边问：看看少了什么没有？妇女摇摇头，目光里含着感激。那人没再说什么，转身往回走。就在他转身回头的那一瞬间，我看到了他的脸，这是一张似曾相识的脸。怎么会是他？

就这样，在一个完全意想不到的场合，我和三十年不曾见面的沈金贵相遇。

三十年前的那场激烈竞争至今记忆犹新，大学面向"工农兵"招生，经过群众评议、领导推荐、学校复审，我一路过关斩将，眼看胜利已经在向我招手，突然斜刺里杀出一个沈金贵，生生地从我手里夺走了全农场唯一一张上海医科大学入学通知书。毫无疑问，这场竞争的结果，关系到人的一生。

当年的争斗早已成了过眼烟云，老友相见，除了高兴还是高兴。三天后我去他所在的医院，他当主任的那个科室。我感觉到，他当医生，从事医学事业，是他的应该，或许就是他的命运。

沈金贵先当外科医生，在手术台上工作了一段时间，后师从缪中良教授，专攻泌尿外科。经过十多年的探索和研究，在泌尿外科，尤其是经皮穿刺治疗前列腺炎，成效十分显著。就目前的3万多例临床统计，治愈率达75%～80%，超过国际领先水平。为此，他获得了不少荣誉，被聘为亚洲（中国）医疗卫生中心教授，他办公室的墙上，挂满了病人送来的锦旗和铜匾。他是平静的，在介绍和交谈过程中，脸上绝无得意之色。他说：医院领导的理解和支持，使我得以全身心投入，缪中良教授的悉心指导，给了我很大帮助，成绩应该归功于他们。

人类物质文明和精神文明程度的提高，对健康的关注程度也同样提高。2001年，沈金贵在一次学术研讨会上得到启发，国外用核元素——碘125治疗癌症获得成功，他立即想到将这个方法引用到前列腺癌的治疗上来。经过大量论证和研究，他充满信心地向市科委申报《经皮穿刺碘125近距离治疗前列腺癌的研究》。2002年10月，市科委批准立项，并由沈金贵担任项目研究领导小组组长。

历时短短一年，2003年10月，在北京召开的中华医学会第二届"碘125放射粒子研讨会"上，沈金贵宣读了他的学术论文，以18例前列腺癌全部治愈的临床报告证明《经皮穿刺碘125近距离治疗前列腺癌的研究》获得初步成功。这对前列腺癌的患者，是一个深感欣慰的福音。

当然，医药科学所要走的路还很长，还需要不断地探索和研究。

沈金贵告诉我，他正在研究将"碘125"应用到鼻咽癌和乳腺癌的治疗上来，减少鼻癌患者脸部画格放疗的难堪及其副作用，解除妇女乳腺肿瘤患者割除乳房手术后造成的生理和心理的双重痛苦，目前已经取得了一些进展。

"五一"前，沈金贵打来电话说，他新学驾驶，想出去走走，希望我这个老司机陪驾，我欣然应允。去了才知道，他是去看望两个由他助学的农村学生，带去了不少礼物。此后我知道，他不仅助学，还长年照料着一位孤老。回想公交车上的那一幕，其中定然有着内在性的一致。

沈金贵的形体容貌有了变化，但他的性格却一点没变，明显带有东北汉子憨厚刚直的烙印，这和他在东北生活过有关。三十年来，他没和东北农场断过联系，曾经两次去那里义诊，连续十几年给当地老乡寄药，每寄一次价值都达上千元，完全是自掏腰包。我和他出自同一个农场，这些事却一点不知道。遇见沈金贵以后，我度过了几个难以成眠的夜晚，想了很多。

# 老街有个李正民

我与李正民先做邻居再做朋友。他找的对象唐关女住在我们这条百年沧桑的老街里，和我家斜对门。老街紧邻一座始建于唐代的寺庙静安寺，我是听着晨钟暮鼓长大的。那时候的和尚很清贫，常常能看见他们穿着打补丁的袈裟来到老街化缘。每逢大年初五，寺里就有和尚挨家挨户送"财神"帖子，一群小孩蹦蹦跳跳地跟在后面，扯着嗓子喊：接财神啦，恭喜发财！一年复一年，小孩换了一茬又一茬，就是没见谁家真发了。

这般情景李正民没经历，因为他是后来的。开始以为他与唐关女是同事，也在小学当老师，瘦瘦长长戴副眼镜，蛮斯文的模样。有天见他在一个邻居家里修电表，很在行，决非三脚猫之类。问了才知道他在酒精厂当机修工。此后谁家电灯不亮，谁家水管漏水，或者自行车坏了，都来找他帮忙修理。这样很快就混熟了，而且口碑颇好，婚后他住女方家。

我和他做朋友，是缘于一件事情。那天傍晚我下班回家，有条小狗突然从横里窜出，我急忙将自行车刹住，小狗过去了。我再蹬踏板，却不料小狗窜过去又转身，寻死般地蹲在自行车的后轮前，当时只听到小狗叫了一声，随即飞快地跑回家去。第二天一大早狗主人找上门来，小狗死了，索价2 500元。我说明情况，"车祸"责任不应该由我承担。狗主人不依不饶,一定要我拿出证据来。我确实没有注意当时有谁在场,恰恰李正民看到了这一幕,他站出来讲了事实经过。

　　李正民和唐关女生了一个女儿,我去喝了满月酒。他们两口子相亲相爱,勤俭持家,日子过得有滋有味。到他们的女儿十岁时,我又去喝了生日酒,女孩学习成绩很好,臂上挂着三道杠。就是这年,唐关女患了糖尿病,是遗传性的,她母亲死于这种病。从此以后,这家人的生活发生了很大变化,唐关女住院、出院、再住院,李正民工厂、医院、家里三头忙,懂事的女儿边陪护妈妈边做功课。医疗科学尚未找到有效治疗糖尿病的办法,唐关女的病愈来愈沉重,并且引发了高血压和肾病。正在此时,李正民所在的酒精厂进入产业结构调整,工厂停产,工人下岗,真是屋漏偏遭连夜雨啊!

　　这些唐关女和女儿不知道,作为邻居和朋友的我也不知道。李正民四处打工挣钱,有时碰到工地远,往返就要三四个小时,下班照样跑医院忙家务。唐关女虽有医保,但辅助治疗是自费的,还需要补充营养,女儿的学习也是一笔不小的开支。李正民别无选择,只有拼命干活,再就是节俭。他经常是一碗光面完事,但妻子和女儿的需要,一样都不少。有一天李正民晕倒在工地上,检查出来得了胃病和肝病,他藏起诊断书,悄悄吃药,一切照常。

　　几年光阴就这么过去了,可是唐关女的病没有好转,反而更加重了。她的视力急剧下降,左眼视力只有0.1,右眼完全失明。不仅如此,病毒侵害肾脏,造成肾功能衰竭,必须依靠血透维持生命。李正民再一次倒下了,是不堪重负到极限,是身体的和精神的双重打击。有关劳动部门做出结论:李正民属大部分丧失劳动能力。

　　病魔几乎摧毁了这个原本幸福的家庭,可以想见的困难都发生了。一年四季,太阳升起有早晚,可是李正民每周三天,早晨6点陪护妻子去血透的时间不会变。整整五年了,早班公交车的司机已经熟悉这对夫妻，靠站以后常常会下来搀扶一把。日复一日，或许还会有五年、十年，李正民没有一句怨言，他会永远陪伴下去。

　　老街的居民搬迁了，轰鸣的推土机宣告百年老街终结，而几步之外的寺庙却在大兴土木，现代人似乎更信佛，将精神和命运寄托给泥塑的菩萨。再也听不见晨钟暮鼓，李正民的生活依然，早早就把轮椅搬下楼去，女儿喂妈妈吃早点，然后去上学。女儿没有与同学攀比的条件，她也不可能去大剧院摇着荧光棒追星，生活的艰窘，使她过早懂得人生。她知道，肩上承载着父母的唯一希望。

## 想起二和尚

我从小生活的地方,是一条有近百年历史的老街,我在用石头铺成的"弹格路"上,行走了几十年。那时候,但凡一下大雨,家家户户都进水,老街就像一条弯曲流淌的河。我家前后左右的邻居,大多是劳动者,他们晨起夕归,去时静悄悄,晚归时,尤其在夏日,叫声闹声吵骂声响成一片,老街又成了一条喧嚣的河。

我印象特别深的邻居,是一个叫"二和尚"的人,他是否曾经当过和尚,还是因为他常年光头而得的外号,我一概无知,那年我才8岁。我对二和尚印象深,是深在他的一条腿上,他的一条腿奇肿,将近另一条腿的一倍,由于裤子不能装下他这条腿,所以裤腿由下至上全都剪开,因此他的腿一年四季裸露。我第一次看过他的腿,再不敢看第二次,他粗肿的腿整片糜烂,分不清皮和肉,一片血模糊。二和尚难得去一次医院,他治疗的办法是晒太阳,每天坐在家门口,让病腿在阳光下消毒。我走过他的身边,不敢看他的腿,却爱看他的脸,他总是笑嘻嘻的,仿佛那条病腿跟他毫无关系。他见人就会说上几句,有时我的鞋带没系好,他会提醒我系好别绊倒。

有一个和我一般大的邻居孩子,他家是我们这条街上的首富,因为家境好,吃得特别胖,他的胸脯就像女人的奶子那样大。为了逗趣找乐,我和另外几个孩子排成一串,将两只手伸到衣服里面,团成拳放在胸上，一遍一遍从他家门跑过，边跑边两只小拳上下活动，就像胖孩子走路时胸脯的颤动，二和尚看了便会笑出声。但随着胖孩子的一声喊，他的母亲就快步冲出来，这个女人身壮力大，逮着哪个孩子抡掌就打。此时，二和尚一声吼：别打孩子！这一吼十分见效，胖孩子的母亲立刻缩回手去，只是斜眼看一眼二和尚，怏怏地返身回家。我很惊奇，这样一个厉害的女人，怎么会怕坏腿的二和尚？

等我年龄大了以后才知道，二和尚原来不简单，他是旧上海帮会中的人，在老街一带小有名气。新中国成立后，二和尚被捕，倒没查出什么罪恶，在牢里待了六年，出来时身体垮了，还得了烂脚症，是一种深静脉血栓形成的疾病，当时的医疗条件难以治愈。他无妻无后，孤身一人，靠变卖家产生活。他几乎卖光了所有能卖的东西，时常断顿，唯独一只手表始终不卖。史无前例的"文革"开始，二和尚已病入膏肓，有人揭发这只表是杜月笙送给他的，造反派从奄奄一息的二和尚手里夺走了这只表，名曰"上交国库"。一天中午我放学回家，看见二和尚还躺在那张破椅上，脸上带着一些笑容。我叫了一声，他不应，我推了一把，他毫无反应，原来他已经死了，死在明媚的阳光下。当时我很惊奇，死人怎么还会笑？不久，发生了许多事，一些曾令我羡慕和仰视的高楼，时而有人纵身跳下，瞬间结束了生命。显然，他们选择死，是选择解脱，我想二和尚面带笑容的死，也是因为解脱，解脱了病困交加，解脱了生不如死。

长大了的胖孩子依然那样胖，他的运气依然比我好，没和我一样上山下乡，而是在一家医院的药房工作。有一年回家探亲，正赶上胖子结婚，娶了一个漂亮的女人。那时我已经懂事了，我明白漂亮女人不是嫁给胖子，而是嫁给胖子家的钱。过了若干年，所有老街的居民都搬离了老街，在推土机的轰鸣中老街永远不复存在，取而代之的是一座座高楼。又过了若干年，正当有关人士为老街的毁灭痛心疾首、呼吁保护老建筑之时，传来胖子被判刑的消息。富不过三代，已经不再富有的胖子，为了应对入不敷出的开支，盗卖医院的杜冷丁，漂亮女人未曾生育，当即飘然而去。

其实我们的祖先早就告诫我们：生于忧患，死于安乐！

如今，大多数人不再为衣食犯愁，物质条件改善了，关注健康，珍惜生命，应该得到充分的理解和尊重。但是，每个人都将无可避免地面临死亡，而且大家都明白，即便用亿万美元或英镑，也无法向死神行贿。不过荒唐的事还会发生，一个老之将至的富豪，特别珍惜生命，听说采处女之阴气可以延年益寿，于是不惜重金到处寻觅，派出手下找到农村，找到大山里。社会经济快速发展，有些人拥有的财富无以计数，但不得不正视，财富增长的同时，道德却在沦丧。

前几年，二和尚的外甥女，也就是他妹妹的女儿从香港来，为没见过面的舅舅，买了块坟地落葬。她说舅舅没眼光，死脑筋，当年妈妈再三劝他走，可是舅舅却说黄金荣都没走，我怕什么。这位年近六旬保养得很好的港妇还说，幸好妈妈走了，不然也要受牵连，恐怕像舅舅一样，早就死了。不管怎么说，二和尚毕竟死有葬身之地，入土为安了。

# 水，生命之源

对宇宙的好奇和探索，或许会是人类永恒的话题。火星探测器发现火星上曾经有水，这个发现可以引申到火星上曾经有否生命的存在？因为水是动物和植物，包括微生物的生命之源，水也是一切生命的起源。

这些年来，温饱有余，生活质量不断提高，人们对健康愈发重视，对水质的要求也越来越高。应运而生的各种饮用水，同样与时俱进，在不断地升级换代。水已不仅是清洁的概念，还要求有对人体有益的矿物质含量。

1998年春天，我去广州办理杂志的代销业务，事毕买了夜里的返程机票，下午抓空去游览珠江。我带着相机，正想找人代拍一张相片，四顾之际竟然看到了迎面走来的杨子清，我有点不敢相信，再仔细看果然是他。他也看见了我，四目相对表情相同，都很意外又很高兴。

杨子清是我的邻居，也是我的朋友，他小我几岁，是做饮用水生意的老板。他性格开朗，待人诚恳慷慨，尤其是他孝敬父母，在邻里和朋友间口碑颇好。他与我的关系始于书本，他喜好阅读，常来我家借书。他买到好书，也会高兴地告诉我，并让我先睹为快，多年如此，友谊日深。当然，我也是他经销的饮用水的客户。

　　他乡遇故人，喜悦之情不难想见，而且很巧，他也乘坐相同的航班回沪。结伴游珠江，拍了不少照片，然后在机场附近的饭店里小酌。他很高兴地告诉我，他已办妥了美国康力根净水器公司在上海的代理权，他还详尽地向我介绍了这个产品。隔行如隔山，他说了许多标准和数据，仅矿物质的种类就多达数十个，我听不懂也记不住。但有一点我听明白了，康力根净水器是直接安装在自来水管上的，经过滤处理以后即能饮用。比较桶装饮用水，省却了换桶的周折，避免了二次污染的隐患，是卫生部认定的产品。我跃跃欲试，他当即表示，你是我的第一个用户，第一台机器就赠送给你。我心领他的友情，但不能接受。

　　这几年，杨子清的业务发展很顺，新设了几处分销点，去年还拿到了美国"饮博士"中国代理权。我高兴他事业有成，也很珍惜这份友情，但因为他忙，我们见面的时间少了。

　　最近，我突然看到"康力根"和"饮博士"因违规被"曝光"，连忙给杨子清打电话询问情况。他的声音很轻，情绪显见低落和沮丧。他说"康力根"是因为卫生许可证过期，"饮博士"是卫生许可证正在办理。随后他又分辩说，原来只知道申报审批是提前一个月，但不知道需提前六个月，因此延误了。他还说"康力根"和"饮博士"都是卫生部认定的产品，质量一点问题都没有，就是行政手续太繁复。显然，他的态度不能使人满意，我既为他着急，也有点生气，于是直言不讳地说，你不要回避责任，国有国法，行有行规，你不按规定当然是错的。你自己知道水是多么的重要，有关部门应该从严把关，这是对生命负责。他沉默着，很长时间没吭声，我想他一定很难堪。我缓和了一下语气说，我们是好朋友，我才这样说，希望你能理解，更希望你能接受教训，振作起来，尽快把该办的手续办好。

043

前天杨子清从北京打来电话,说话的声音很响亮,恢复了往常的精神。他告诉我手续正在办理,很顺利,很快就会批复。

　　水是生命之源,水于健康至关重要,人们应该享用到最卫生、最健康的水。我只想对杨子清,也对所有做涉水产品的人说一句:你们的责任是多么重大啊!

# 小水

　　小水是个卖煎饼的女孩，从我搬到这个新建的住宅小区，就有了她的煎饼摊。小区叫望阳湖花园，因附近有条望阳湖得名。清晨站在楼台窗前，远眺湖水波光粼粼，辛勤的渔家已忙着下网；夕阳西斜，湖水倒映七彩晚辉，又见船舟归来。这里尽可欣赏怡人的风景，但距市区偏远，难免有些落乡的感觉。

　　搬进新居以后，第一天上班，路上找地方吃早点。时值寒冬，天刚蒙蒙亮，街上空荡荡静悄悄。沿街角拐弯，远远看见前方有一簇火光闪烁，走近了看是只煎饼炉，炉膛里冒出来的火苗忽上忽下。火光映在炉子旁边一个女孩的脸上，很俊俏的模样，大约十七八岁。她说今天第一天摆摊，我是她的第一个顾客。趁她摊饼的时候我和她聊了几句，女孩是洞庭湖畔岳阳人，那是一个多水的地方，恰恰她姓水。湘妹多美女，这个湘妹子不仅眉目清秀，做出的煎饼也好吃，有股浓浓的葱香味。

　　小区生活设施滞后，食品摊点很少，小水的煎饼价廉物美，成了上班族和学生们的首选。小水和气，见人就叫上一句好听的，对学生更是亲热。小水讲卫生，手从不碰钱，买煎饼的人把钱放进一只小筐里，需要找零自己从筐里取。她专注地摊饼、打蛋、抹酱，隐隐透出一种宁静的美。爱美之心人皆有之，小水的相貌招人喜欢也是因素，她的煎饼生意很火，有不少包括我在内的常客光顾。

街上来了城管，小水的煎饼摊打起了游击，换了几个地方。一次几个部门联合行动，小水未能幸免，煎饼炉被水浇灭，并要用锤子砸毁。小水苦苦哀求，城管喝令不要妨碍执行公务，没料想小水突然发怒了，抢到前面挺身护住炉子，大声喊要砸先砸我！举锤子的壮汉愣住了，被这个小姑娘豁出命去的神情震慑。一位举止斯文的老人率先站出来说话，要求善待弱者，文明执法。许多围观的群众也纷纷为小水求情，城管终于"法外开恩"，没有砸毁炉子。

当时我不在场，一个经常买煎饼的邻居亲眼看见，回来绘声绘色地叙述。不几天我和小水在街上相遇，她拉着装煎饼炉的板车上桥，很费劲的样子，我帮着推了一把，她连声称谢。我提起那天的事，要她多加小心，她点点头，脸上的表情有酸楚有无奈，眼里蒙上了一层晶莹的泪光。沉默了一会她说，我上过学，也明事理，城管抓是应该的，别说大上海，就是我们那个小县城，没有城管也不行。可是我摆摊也是没办法，我要活，还要供我姐姐上大学……她眼里的泪终于忍不住滚落下来，随即蹲下身埋头抽泣起来，肩头一阵阵颤抖。

那天我了解了小水的身世，她是孪生姐妹，姐姐早她十分钟降生，俩人一起上学，一起读完初中，成绩一样优秀。由于家里供不起姐妹两个一起上高中，百般无奈的父母想出了抓阄的办法，小水主动放弃。姐姐如愿以偿考上大学，她便随姐姐来到上海，先在一家饭店当服务员，可是老板看她漂亮经常纠缠，不得不离开。她想只有自谋生路，摆摊卖煎饼，稚嫩的肩膀挑起了供姐姐上学的重担。

我虽然怀有深深的同情，却想不出恰当的语言来安慰她。每个出外谋生的人都有一番艰辛，小水为上大学的姐姐卖煎饼，同样有许许多多的农村家庭，在为上大学的子女或兄弟姐妹打工，乃至倾其所有。当然，我理解那只煎饼炉对小水意味着什么，寄托着什么，也包括她的牺牲，由此产生了帮助她的想法。我辗转托人找关系，很是费了一番周折，为她办妥了一张临时设摊证。小水为之雀跃，她说有了这张证就可以放心地卖煎饼，姐姐也可以安心地上大学。从那以后小水脸上多了笑容，空闲时会哼上几句家乡小曲，她的嗓音圆润动听。我甚至想，如果让小水接受声乐教育，说不定湖南又会多一位美丽的歌星。

小区里出了件事，有个五岁的男孩从阳台上摔落，致使脾脏破裂。一位来买煎饼的邻居说，孩子还没手术，因为他是AB血型，这种血型平均每一万人里只有五个人，医院正在想办法采集。小水一听便说我就是AB型，我输给他。小水没顾上收摊，立即赶往医院，她的四百毫升血液流进了孩子的血管。第二天小水照常出摊，孩子的父母找来了，拿出两万元作为酬谢。小水不肯接受，她说碰巧一样血型，换了别人也会的。这事在小区里传开了，成为一宗美谈，大家都更喜欢这个湘妹子了。

时间在不经意间流逝，春节到了，小水回老家过年。少了她和她的煎饼摊，小区里的人都有点不习惯了。过了正月十五，街上那个固定的地点又出现了小水的身影，生活似乎才正常起来。可是我却发现了不同，小水脸上的笑容少了，隐隐多了些许忧虑，几次问她，她几次欲言又止。接着一连几天小水都没出摊，这种情况前所未有，想找她也联系不上，她至今没买手机，大家都担心别出什么意外。

一周以后，那天正吃晚饭，小水突然找到我家来了，更让我意外的是，她的姐姐大水也来了。小水是专程来向我道别的，大水就要嫁人，她乘今夜的火车回岳阳老家去。姐妹俩长得很像，个头也一般高，小水还是卖煎饼时穿的那身衣服，只是少了系在外面的白围单。大水则是光彩夺目，紧身裤衬出性感的曲线，束腰皮装上的棕色毛领显示时尚潮流，脚上的皮靴产自意大利。然而，稍加观察便能发现，她和小水同样美丽的双眸之间，明显少了一些坦然和自信，通体名牌包裹，似乎并没为她带来多少幸福感。

夜空晴朗，月光如银，星星闪烁。我送姐妹俩出来，路灯下停着一辆宝马，车旁站着的人迎面走来，亲昵地揽着大水的细腰。那人可能走得急了些，也可能是上了年纪的关系，有点气喘吁吁。小水临上车时朝我扬扬手，车门关上的那一瞬间，我看见她满盈的泪水夺眶而出。

新的煎饼摊又来了，生意却远不如小水，当人们渐渐淡忘了小水后，新摊的生意才慢慢好起来，生活就是这样周而复始，平淡无奇。我偶尔会想起小水，她卖煎饼供姐姐上大学，而姐姐匆忙地把自己嫁出去，是出于不忍心，是想让妹妹摆脱出来，去过属于她自己的生活。小水自然反对这场年龄悬殊的婚姻，但说服不了姐姐，也就无需再卖煎饼，返回她热爱的故乡。

在多元利益构成、多元价值取向的社会里，高尚依然令人景仰。在我眼里平凡的小水，无疑也是一种高尚，她就像洞庭湖的水那样清澈透明。

# 修自行车的刘大

几乎无人知道刘大的真实姓名,大家都这么叫他,而且叫了几十年。

刘大的修车铺在我上学必经之路的一条巷子口,那时外婆还健在,每当我背起书包离家之时,她总要叮嘱一遍,千万别走马路那边,小孩会吓死的。外婆说会吓死小孩的就是刘大。

那时还不懂怎么形容,也找不出一个相像的人来比较,直到看了电影《巴黎圣母院》,马上想到刘大。他和卡西莫多简直太像了,相貌同样丑,同样是驼背,同样是瘸子。如果一定要找出什么不同之处,就是刘大的眼睛不像卡西莫多那样鼓暴,但也是斜视的。儿时不敢从刘大的修车铺前经过,更不敢多看他一眼,小伙伴们聚在一起玩耍,但凡有人喊一声:刘大来了!顿时便成惊鸟四散,个个跑得飞快。

工作以后,为了便于上下班,我省吃俭用半年,终于买了一辆自行车。有天晚归,轮胎被铁钉扎破,找了几个修车铺,都已人去门闭,百般无奈,我才走进近在咫尺的刘大修车铺。刘大还在灯下修车,我第一次近距离看他,就像看见卡西莫多本人,他们真的太像了。刘大脸上一条条蚯蚓似的皱纹,向左眼下方集中,把眼睑拉下了一截,右脸颊还平坦一些。然而,真正看清这张脸,感觉最深刻的不是丑陋，而是与世无关的漠然。我想，也许他知道，自己属于这个世界的另类。没等我招呼，他已放下手里的活，连同臀下的木凳一起挪到我的自行车后面，开始拆卸轮胎，很是一种本能。他的手指像胡萝卜那般粗，上面长满了厚茧，却丝毫不妨碍他的娴熟和灵巧。通常查找漏洞是放在水里看冒泡，他是拿在耳朵边上听，准确地找到两个漏洞。胎补好，安装好，整个过程彼此没说一句话。付钱时他说一个洞五毛，两个洞一元，我以为听错，他又重复一遍，比其他地方少要一半钱。

以后再修车，我首选刘大，便宜是一方面，他的手艺更使人满意，有时去还要排会队，等一阵。我从未见过刘大和谁说话，修车收费就是简单地报个钱数，没人讨价还价。一次有个挑担卖旧衣服的老头来，刘大从箩筐里挑了两件，然后付钱，那老头也不论价，接过钱便走，两人似乎高度默契。还有一次，有个穿着时髦的男青年来，刘大从脏乱的床铺下面拿出一沓钱，男青年接过就走，两人同样不讲一句话。我很奇怪，也有点纳闷，这个男青年是谁，他和刘大又是什么关系？我也猜测过，莫非这个男青年是刘大的儿子？如果此猜测成立，那么应该有一个为刘大生儿子的女人。大千世界，茫茫人寰，难道真有这样一个女人？我断然否定，因为这间六七平方米的小棚屋，是刘大所有生活和劳动的所在，也是他的一切。每个人可能都有一些隐私，我想这或许是刘大的秘密，一个颇费猜度的秘密。

不久，我举家搬迁，再没见过刘大，也忘了那个属于刘大的秘密。

今夏炎热非常，我要采写一篇有关劳教农场的报道，在烈日下驱车一百多公里，到农场后便去接见室，想感受一下大墙内外亲人见面的场景。一张长条桌子为分界线，里面是劳教人员，外面是亲属。我边走边看，突然一个熟悉的身影映入眼帘，驼背、奇丑、分明就是刘大，而他面对的正是那个曾经时髦的男青年。我悄悄移步，站在刘大身后，看见他用粗大的手指拭抹眼泪，听见他用嘶哑的嗓音说：钱和东西都带来了，你好好的，不要再出什么事了，我每天都盼你早回来……这种深沉的感情，这种深切的关爱，只有父亲对儿子。显然，这个男青年就是刘大的儿子，谜底已经揭开，一切毋庸置疑。

我没有惊动刘大，是于心不忍，随后通过管教找男青年一谈。据管教介绍，刘小刚因赌博教养三年，表现不好，经常违反教规。谈话开始我便提到刘大，规劝刘小刚接受教育，痛改前非，好好报答靠修自行车、含辛茹苦抚养他成人的父亲。不料刘小刚像受了莫大的污辱那样，眼睛一瞪连声说，他不是我的父亲，我怎么会有这种父亲！原来他是刘大的侄子。事实虽然出乎意料，但刘小刚的表现令我震怒，纵然刘大不是亲生父亲，但他养育了你，给予你父爱，你却如此绝情，如此不懂得感恩，就因为刘大长得丑！

第二天返程，我执意将刘大请上车，途中他说起了过往。刘大胞弟生有两儿一女，既因刘大没有娶妻生子的机会，也因为经济的缘故，自小就将刘小刚过继给刘大，生活、学习，一切费用均由刘大提供。刘小刚从来只叫"大"不叫"爸"，但刘大却视他为己出，将父爱毫无保留地给了他，并尽可能地满足他。刘小刚沾染上赌博恶习，刘大曾拒绝给钱，可是只要刘小刚一瞪眼，刘大便不能自主，否则再也听不到那声"大"。

刘大用钱维持这层关系，虽然并不可取，但着实令人同情，他是长得丑了些，但他有一颗善良的心。往往善良的人过得并不如意。刘大还要继续修自行车，继续供养刘小刚，而刘小刚又会怎么对待他呢？答案已经很清楚。不过我明白一点，刘大无从选择。

# 老赵的有机生态园

老赵祖籍山东，农家子弟，入伍来沪，提干后娶了驻地附近一村姑。转业到地方，没要组织安排工作，落户到妻子所在的村里务农。亲友不理解，都来劝阻，老赵坦言，他相中了村里那片桃林，要种桃致富，还要带富一村人。

我认识老赵的时候，他是导弹部队的一名连长，说话办事雷厉风行，但不失沉稳。他种桃子也有计划、有步骤，从组建农民合作社开始，把分包的桃树集中起来，形成规模化的果园。然后与交通大学农学院"结缘"，使果园成为交通大学科教兴农基地，采用王世平博士多年研究筛选的优质品种，并在农学院和王博士的指导下，率先实施有机栽培。经过四年的转换期，于2005年栽培出第一代"浦原"牌有机水蜜桃，并获得有机农场证书。"浦原"桃子单果平均重达半斤，白里透红，香气浓郁，汁水充沛，连续几年荣获浦东新区桃类评比金奖。2007年，获上海市优质果品金奖，他的果园被定为迎世博特供果品候选基地。

今年春节期间，我去位于浦东合庆的金杏香果业合作社看望老赵，一进门就感觉来得不是时候。用来分拣和包装桃子的大厅里，摆了好几桌酒席，一片欢声笑语。我正要抽身退出，老赵却跑来拉我入席，他说今天合作社农户团聚，还有喜事要告诉我。作为多年的朋友，我很想分享一下老赵的喜悦，于是便坐到了桌上。

农村的节日气氛更浓，传统习俗保留得更多，主桌座位讲究年龄辈分，老人在这里受到尊重。桌上菜肴丰盛，酒和饮料品种齐全，而且餐具精致。显然，种桃致富已见成效，洋溢在果农脸上的笑容，说明了这一切。一位年纪最长的老人向老赵敬酒，是最高的礼遇，也是对他的肯定和赞许。开始种桃子的时候，不少村民有顾虑，因为有机栽培需要转换期，几年里收入不会增加，甚至要减少。老赵算了一笔账，常规栽培一亩水蜜桃，产出利润三千元，有机栽培一亩水蜜桃，除去投入，产出利润一万元。更为重要的是，有机栽培是果业发展趋势，与其落在后面，不如尽早迈出这一步。而且，老赵的个人品质获得大家的信任，这与他长期部队生活有关，处事既讲原则，又有山东人的豪爽，勇于责在人前，又能利在人后。

桌子上气氛热烈，没等老赵开口，我已经知道他想告诉我的喜讯：金杏香合作社的有机生态园，被市农委和区、镇两级政府列为特色农业观光基地。大家交口议论着规划和设想。新年伊始，中央关于农业问题的一号文件，其中扶持农民专业合作社的政策得以体现。生态农业与旅游观光结合，是新的经济增长点，是确保农民持续增收的创新途径。果农们描绘出一幅蓝图：游人在农庄休闲度假，漫步水上栈道，流连桃李树下，河边悠然垂钓，果园随意采摘，餐桌上尽情品尝原生态的农家菜……

我真为老赵高兴，他创建的生态农业品牌产生了延伸效应，带来了意想不到的成果。老赵深有感触地对我说，如果没有各级政府的大力支持，将会一事无成。发展生态农业符合时代要求，新区政府发出一村一品牌的号召，从这个意义上说，老赵的合作社，起到了示范作用。

春风送来春意，三月桃四月李，惹人喜爱的桃花又将盛开。放眼祖国辽阔大地，现代生态农业方兴未艾，前景远大。而老赵的明天，金杏香果业合作社的明天，将会更加美好！

# 奉贤志弟

我对奉贤比较熟悉,是有位同学在奉贤。濒海的奉贤人见惯了海的气势,也就有了大海般的胸襟。当年言子来到这里开馆授学,或许是相信海边的人更有灵气吧?此后,在那片土地上,奉敬贤士蔚然成风,并代代传承,故而得名奉贤。

这是我的同学张志弟告诉我的,他有《奉贤历史文化名人》一书为凭。

我与志弟相识在鲁迅文学院,既是同学,又在同一寝室。坦诚地说,我一开始对他有些意见,每天晚上他都要写作,而且常常写到深夜,敲击键盘的声音人静时格外的响。后来发现,他除了近乎偏执地坚持晚间写作而外,其他方面也颇多可爱。譬如,他会弹拨古琴,偶尔听一曲,心会悄悄地静下来;再譬如,他会画画,构图和笔墨看得出下过一番功夫;他还是个勤快人,寝室里扫扫擦擦总是抢在前面。时间久了,由同学而朋友,听他讲过以前的事。父母从城市下放到农村,他出生在逢雨必漏的茅草屋里,儿时经常断顿。父亲是文化人,相信读书是正道,自小激励他发奋学习。1986年他被上海师范大学美术系录取,适逢税务局用人,他考虑家庭境况,弃学工作。以他的绘画功底,应该可以成为一名画家,可是这些年来,他却更热衷于文学。也许他认为,画虽然给人美感,而文字织就的世界更宽阔、更深邃。

志弟善写小说，题材多是海边小镇，有淡淡的海风味，有浓浓的乡土情。这是他熟悉的生活，似乎信手拈来，也说明他所关注、他所爱。有段时间，志弟受外国印象派小说影响，结构上求变，章节间跳跃，丢失原来语言的清朗，趋向隐晦。在他已出版的《哭泣的岸》《对她说》《白海道归来的女研究生》等三部小说集里，可以清晰地看到这些变化的显现。一个作者在创作实践中探索、求变、攀越，无可厚非。志弟没有丢失文学根本，始终关注人，关注生命，写出生活实感，写出生活原生态。

最近，志弟又拿出了他的新作《奉贤历史文化名人》，这部30多万字的作品，从收集和考证资料到写成书稿，历时整整两年，占据了志弟除本职工作而外的所有时间和精力。我很有些惊诧，以他40岁的年龄，正是享受人生的好时候，却能够拒绝一切诱惑，一头钻进故纸堆里，"将零简片牍，好似断碑残瓦，一一拾穗，编著成书"。我想原因在于，志弟深知一个民族的振兴，归根结底要依靠它的文化，而发掘奉贤的传统文化底蕴，其意义也正在于此。当然，志弟的执着精神、辛勤付出，饱含着对家乡的深情厚爱。

传记类作品，既要忠实于历史，又要有生动的描述，赋以文学的雨露光泽。书中12位历史名人，有文有武，性格各异，而且涉及史、哲、诗、乐，乃至绘画、雕塑等多个层面，属大文化概念。因此，依据有限史料的同时，还需要作者具有广泛的知识修养，以及充沛的艺术想象力。志弟多才多艺，正好派上用处，这也是他敢于写作此书的底气所在。

志弟在书稿出版之前，请来一些前辈作家，虚心听取意见。著名作家俞天白先生不但提出中肯的意见，甚至连个别错字也不漏过。《新民晚报》社资深编辑、作家曾元沧，市文艺创作中心常务副主任唐明生，市作协张重光等人也提出了极有见地的建议。志弟认真修改，使作品更臻完美。负责编纂出版的东方出版中心总编辑莫贵阳认为，这部作品有特色，抓住了历史事件与人物性格碰撞的火星，才有了这份凝重、这份精彩，也就有了文学美。

志弟是奉贤子弟，植根于奉贤这片沃土，立志尽己所能繁荣奉贤的文化事业。他告诉我，现正着手创作奉贤名士、明嘉靖朝首辅徐阶的历史小说，计划写三部。路曼曼其修远兮。然而十分不幸的是，志弟罹患淋巴癌，手术后又复发，于2013年去世，终年47岁，悲叹英才早逝。

生命可贵。志弟习惯晚间写作，长期熬夜，恐怕是影响健康的隐患、症结。他生前，我曾多次劝他改掉夜里写作的习惯，可他白天上班忙于工作，只能利用晚上时间。最后时刻，弥留之际，他平静地说，写作系一生所爱，永不后悔。

本文2011年发表于《新民晚报》，此番出版散文集，补上后面一段，以示纪念。

# 朋 友

  人生若无旅,何以识山水;人生若无交,何以得知己。朋友相识相交,以情感和信任为纽带,以共同或相近的兴趣和爱好为架构,所织成的网络可以无比巨大。朋友关系是一种仅次于家庭关系的人际关系存在。

  行万里路,识天下人。朋友有择取,也有舍弃,因为人生本就是和岁月一起增长的过程,只是人会成熟,而岁月不会老。以成熟的目光去探索,就不难分辨芸芸众生参差良莠,犹如吹尽狂沙始到金,知交挚友难能可贵。

  我有过一位赵姓朋友,是中学时的同桌。他心细如发,聪明好学,但性格内向;我开朗直率,敢做敢当。可能由于性格互补,我和他成了如影相随的好朋友。1970年毕业分配,去向是广阔的农村,这期间我和他一起去看了一场电影,是关于我国自行设计建造南京长江大桥的纪录片。"一桥飞架南北"的豪言壮语变成现实,我们很激动,想象有朝一日坐在火车上跨过长江,去向祖国的远方。说来可笑但那时并不可笑,一场电影决定了命运,哪里最远去哪里,我和他一致报名去黑龙江。

  他身体较弱,不适北疆的严寒,不久就病倒了。我白天劳动,晚上收工以后步行四公里夜路,去场部医院伴护,第二天一早再赶回，一直到他康复出院。他家境较好，时常有食品包裹寄来，从来都是和我一起分享。年轻人在一起难免矛盾和冲突，他吃了亏能忍，我即便打破头，也要为他出气。用时下的话称作"铁哥们"，我相信我和他的关系，"铁"的成分一定更多。1975年我调到另一个农场，第二年他上了一所中专学校，两地相隔600公里，而且交通极其不便。一次他在路上奔波了两天，专门赶来看我，使我非常感动。他告诉我交了女朋友，此后不知怎么，我们的关系渐渐淡了，直至断了音信。

生活产生了变化，其远近重轻的取舍也会产生变化；抑或是生命的另一半出现，友情就不再是他一个人的事。我并无责怪他的意思，在我内心深处依然珍藏着这份友情，毕竟我们曾经一起走过那段艰辛的人生道路，毕竟我们曾经有过难忘。纵然不知他现在何处，我愿借此小文向他问好！

家庭是以血缘组织的，利益一致紧密相关。朋友是以情谊组织的，有互为帮衬和支持的义务，但不可以利益为目的。反之就不是朋友，更不可能成为真正的朋友，对此前人早有感悟：君子之交淡如水。

朋友是人的精神需求，是人的群居习性所决定的。与友相处，人的个性极易得到张扬，内心追求亦能被朋友认同，从而得到心灵的满足。朋友是财富，在当今信息时代，则更为显现。朋友聚会，或小酌或品茗，谈天说地海阔天空，世事沉浮人间百态，无不是信息的传递和沟通。某个创意或一项举措，往往是在与朋友的聚会中萌生的。特别是在需要帮助的危急时刻，朋友出手援助，纯洁而不带私念。多番听人感叹，朋友之好不逊于亲兄弟！

择友须慎，尤其对于年轻的朋友，正所谓近朱者赤，近墨者黑。我一位邻居的孩子，交友不慎，被引诱吸毒，从此生存状态半人半鬼。孔子有言："益者三友，损者三友"。择得贤朋良友，此为人生大幸；交上非善之徒，恐怕贻害终生。

  朋友有区别，但不是高低贵贱之分，说到底是人生观和思想境界的认知认同。我有几位文友，年龄上大我数岁，地位也比我高，然感情融洽亦兄亦友，视我为小弟，多施提携之恩，决无回报之图。岁月又画出新的年轮，我惟想告诉那几位真诚的朋友，未来的人生路上有我同行。

# 南行列车

　　从长春上火车，找到座位，堂哥费力地将一袋大豆放到了行李架上。这是我下乡到黑龙江以后，第一次回家探亲，顺路到长春看望堂哥一家。堂哥随厂从上海迁到长春，难得有亲戚上门，喜悦之情溢于言表，倾其所有招待我。他本想给我父母捎些礼物，可是家里孩子多，手头拮据，让我带些东北大豆回去，也算表表心意。

　　我的邻座是个年轻姑娘，长得很秀气，但很沉默。火车一开动她就看着窗外，眼睛里似乎装着很多东西，有离情，有忧伤，更多的是忐忑不安。我有点好奇，悄悄揣摩，从衣着上看她像是农村的，一件簇新的蓝布碎花夹袄里面，鼓起两个小而结实的乳房。但是她的皮肤却不像农村人，很白很细，衣领上端露出的一段脖颈，十分光洁。我想，假如让她换上城市人的打扮，连队里那些女知青可能没一个比得上她。我对面座位上，是一个妇女和两个孩子，大的女孩七八岁，小的男孩躺在妇女怀里。与年轻姑娘不同的是，妇女热情开朗，有说有笑，给人一种亲近感。

　　我乘的是逢站必停的慢车，而且极不规矩，有时刚开就停，一停便很久。天很快黑了下来，年轻姑娘看不见窗外的景物，默默垂头沉思。妇女从包裹里拿出干粮，是带着葱香味的油饼，她给了大女儿一张，然后递给年轻姑娘一张。大女儿吃得很香，姑娘则摇摇头，意思不想吃。妇女说大妹子，我看你上车就不对劲，遇上难事该吃还得吃。说着她也递给我一张，我说谢谢，我带着吃的。她说你尝尝，这是我临上车前烙的，把家里剩下的那些油都放进去了，香着呢。我不便再推却。油饼的确很香，那个夜里，妇女搂着两个孩子也睡得很香。可是这一夜我没睡好，火车晃晃荡荡，身体不时与年轻姑娘发生接触，一种既陌生又兴奋的感觉悄然而生。那年我才十七岁。姑娘侧身朝外坐，一只臂肘撑在小桌板上托住下颏，眼睛直直地看着地上。我想象不出她遭遇了什么不幸，独自乘火车外出，又将去向何处？几次想开口询问，话到嘴边又咽了回去，有点不好意思，也有点胆怯。

南行列车的夜特别漫长，又特别寒冷，我迷迷糊糊睡着过一阵，姑娘整夜没合眼。天终于亮了，人们纷纷去卫生间洗漱，年轻姑娘还是坐着一动不动。对面的妇女给孩子洗完以后，另外拿出一块干手巾，说，大妹子，你不吃不喝，脸总该洗一把吧，我这里有干净手巾。姑娘摇摇头，还是沉默不语，妇女有些无奈，叹了口气说，天大的事挡不住人活，兴许旁人比你更难，想开点什么也就过去了。接着她指着我又说，你看人家小伙子，生在大城市，下乡到东北来，遭多少罪不说啦，光这大冷的天就扛不住，可人家好好的。年轻姑娘稍稍转眸睐了我一眼，又赶紧埋下头去。

快到中午时，姑娘开始胃痛。她先用手捂住胃部咬牙挺着，渐渐支撑不住了，额上冒出汗粒，嘴里低声呻吟。妇女马上和我换座位，坐到年轻姑娘身边，抬手在她胃上一按便说，胀气了，没事，我给你揉揉就好。妇女的手掌在年轻姑娘胃部来回按揉，由徐而疾，逐渐加力。不多久，妇女的额上也冒汗了，接着年轻姑娘连打几个嗝，紧皱的眉头松开了，脸色也好了许多。妇女抹去额上的汗说，大妹子，你这是饿的，加上心里有事，现在要有一碗热汤面就好啦。妇女想了想又说，我这里有馒头，拿开水泡一泡，吃下去就舒服了。

年轻姑娘吃着开水泡馒头，泪水像断线珠子似地滚落下来。妇女说，大妹子，有事别窝在心里，说出来当姐的给你排解排解。年轻姑娘犹豫了一会，欲语又止。妇女又说，我长你几岁，结婚生孩子这么过来的，我知道女人最大的事莫过婚嫁，你说是不是？年轻姑娘点点头。妇女接着说，我想到了，你就是为这闹心，是被人欺负了，还是被人甩了？姑娘摇摇头，然后断断续续说出了自己的事情。她家在农村，因为母亲生病没钱治，经过远在山东的姑姑做媒，找到一户人家，嫁过去换一份彩礼给母亲治病。她说那个男人长什么样、心眼好坏都不知道，想想就害怕。妇女反倒笑了，她说我还当什么大事，这不算啥，看了不好你就不嫁嘛。姑娘说没办法，彩礼都收了。妇女说腿长在你身上，实在不行就跑，彩礼以后想办法还。姑娘叹了口气说，除了家，还能跑哪里去？妇女马上接口，我给你写个地址，你跑我这来，有我一口吃的就饿不着你。此时靠在妈妈身上睡觉的女孩突然睁开眼睛，扯住妈妈的袖管说，妈，你又找事了，我们自己都……妇女没等女孩说完，在她头上拍了一下：去去去，小孩子懂什么。

大概是吐出心里的烦恼，姑娘显得轻松了些，洗漱回来，直立的身材高挑匀称，一对长长的凤眼也有了光泽。妇女看着她说，大妹子，你长得真俊，别说男人了，我看了都喜欢，来，快坐下。姑娘露出害羞的神色坐下身来，不知是有意还是无意，和我隔开一段距离。妇女笑了，说，你坐那么远干啥，人家小伙子挺规矩的。姑娘朝我这边挪了挪，脸就红了。妇女问，大妹子，屯子里有没有城里来的知青？姑娘摇摇头。妇女又说，老在家窝着，啥都瞧不见，啥都不知道，依我看，你这模样找个城里人都成，要不先找个知青，将来也能回城里去。姑娘连连摇头说，大姐，你快别说了，别说了。她很急又很委屈的样子，泪水随即涌出眼眶，妇女连忙说，好好，不说了不说了。

这以后，谁也没再说什么，各自想着自己的心事，气氛沉闷了许多。列车晃晃悠悠，时间不知不觉，那时候，时间似乎跟人没多大关系。

南行列车的第二个夜降临了。年轻姑娘睡得很沉，斜倒的身体倚靠在我肩上，带点香味的呼吸清晰可闻。时间长了，我的肩膀开始发酸发疼，可不忍心推开她，是心存同情。她正当如花似玉的年龄，一定编织过属于自己的梦，有过美好的向往。可是不能把握自己的命运，不能走自己想走的路，只能去她不想去的地方，去见陌生的男人。其实我也不比她好多少，同样背井离乡，同样一无所有，同样不能把握命运，同样不知未来究竟。

天亮了，年轻姑娘快到站了，忍不住抽泣起来，拉住妇女的手不放，目光里满含信任的依赖。妇女也落泪了，搂着姑娘的肩头，那情景，很是难舍难分。下车时，姑娘转头看我一眼，是无声的道别，也是无奈的叹息。

妇女送姑娘下车，她的大女儿小声对我说，叔叔我告诉你，我爸死了，家里东西都卖光了，现在只好到姥姥那儿去。我心里咯噔一沉，愣怔了好久没说出话来。女孩长得像妈妈，瓜子脸，大眼睛，很漂亮，只是她眼里过早蒙上了一层生活的阴影。

列车继续南行，妇女也沉默了起来，好久没说话，也许她在为姑娘担忧，抑或在思量自己将要面临的一切。我不知道她丈夫是病故还是遭遇意外，但她也是不幸中人。如果不是小女孩那番话，我压根不会想到她热情开朗的背后，承载着沉重的痛苦，瘦弱的肩头，挑着养育两个孩子的重担。

妇女先我到站，这回是我送她下车，她抱着孩子走在前面，我拿行李走在后面，小女孩走在中间。我掏出身上仅有的十元钱塞进女孩的衣兜里，女孩马上拿出来还给我，很认真地说，从小妈妈就不准我拿别人的东西。

列车又开动了,车厢里空荡荡的,我的心也空落落的。我想年轻姑娘大概已经到了地方,但愿能遇上一个善待她的人,平平安安地生活。我也想到了那位妇女,她很困难,不过以她坚强开朗的性格,一定能渡过难关,养育两个女儿健康地成长。

许多年过去了,依然难忘南行列车。

# 宝应来的小袁

1995年春节前夕的小年夜，好友潘鸿建打来电话，说在他家做装修活的施工队刚刚完工，要赶回江苏宝应过年，由于长途汽车一票难求，要我帮忙开车送他们回宝应。当时尚无高速公路，要取道江阴摆渡过江，实在说这是一件辛苦事。然不善求人的潘鸿建开了口，叫我难以拒绝，当夜九时驱车由上海出发，第二天上午九时抵达宝应的一个村庄。施工队的人都是这个村上的，小袁就是他们的队长。

那时我对小袁几乎没有一点印象，他是一个沉默少言的人，一路上没说过几句话。倒是他的父母很热情，忙着给我和鸿建做鸡蛋挂面。吃了面我们便告辞，要赶回上海去。小袁等在车旁，他脚下放了一大堆土特产，光活鸡就有十只之多。坦诚地说，我希望得到两只农家鸡，但实际超出了希望很多，我和鸿建再三推辞，然小袁不由分说地将东西装上了车。这期间他讲了一句话：如果不是过年，说什么也要留你们住几天。

路上鸿建对我谈起小袁，言词里多有夸赞。鸿建家装修新房，一位同事推荐了小袁，并让鸿建参观了小袁装修的住房。鸿建与我一样不懂装修，加之工期紧，心怀忐忑，唯恐来不及在新房里过春节。结果是不言而喻的，鸿建搬进了新房，而且对施工质量十分满意。最让鸿建感触的是小袁的诚实。建材质量有高低优劣，但并非完全取决于价格，凭着小袁对建材的认识和了解，经他不厌其烦、货比三家地选择，达到了质优价廉的效果。

对我而言，不虚此行的意义在于找到了一个好木匠。家父留下一红木条桌，是旧式客堂用于放祭品的，其实就是一块又长又厚的木头。我一直想将此木利用起来，希望做成一只八仙桌，但几次找来木匠，都因为木质太硬难以做好而拒绝。听鸿建介绍，小袁十六岁开始学木工，做的就是仿古家具，如今已经三十岁，手艺不是一般的好。过完年，我便请来了小袁，第一句话就说：这块木料刻字社曾出价五千元，我都没卖。小袁也说了一句话，只三个字：你放心。

其实我并未完全放心，请了假在家里"监工"。开始弹线锯木，小袁用手锯慢慢锯。我问为什么放着锯木机不用？小袁回答锯木机虽然快，但锯缝大浪费木料。然手工锯硬木真是不易，锯子不一会儿就钝了，要用锉刀锉和板锯路。到刨木时就更难了，刨几下就要换磨刨刀，实在是很吃功夫。历时整整十五天，明代样式的雕花八仙桌做成了，我怎么看都挑不出一点毛病。整张桌子没用一根铁钉，桌面连接处用的是竹签，完全是传统工艺，加之小袁施工队的好漆匠，更是锦上添花。这张桌子让我炫耀了好一阵，我也因此和小袁交上了朋友。此后但凡有亲朋或同事需要装修，我便极力推荐，甚至敢做担保。至今无一起因质量问题或延误工期，引发矛盾争执的事情出现。

小袁来上海打工已经十多年，诚信优质的名声，经装修过的人家四处传播，活多了起来，队伍渐渐扩大。去年他在上海开发建设的热土浦东，办起了一家装饰公司，取名"盛唐"。历史上曾有大唐盛世的景象，今天的中国更加繁荣富强。我想小袁取盛唐之名，是他内心真实情感的表现。改革开放的成果，改变了所有中国人的命运，农民出身的小袁，拥有了一家公司，他充满了感激之情。

　　小袁不会再要我开车送他回宝应了。他已经买了一辆"普桑"，每天都开着这辆车，奔忙在各个工地。

# 执着的小曹

曹其焕其实不小了,已经步入中年人的行列,可我和几乎所有认识他的人都叫他小曹。这个称呼跟他的年龄没有多大关系,而是和他155厘米的身高有关。此外,还因为他开朗的性格,他脸上总是有笑容,而且笑得坦然,甚至还有一些天真的成分。

别看小曹个子小,在温州海洋渔业公司的捕鱼船上,即便遭遇八级风浪,他照样可以做出可口的饭菜,来安慰船员们颠覆的胃囊。在公司大食堂,他一个人在四口大锅上蒸、煮、炒,供应近两千人的需要。如果说与其他厨师有什么不同,小曹只是需要在灶台前放一块垫脚板。

小曹也有不幸,他中学毕业考高中那年,母亲生重病,为了减轻家里的负担,也为了让哥哥继续求学,他顶替母亲进了海洋渔业公司。最初他是养猪的,一个人养十头猪,他把铺盖也搬到了猪舍里。那是物资十分贫乏的年代,至今人们还记得,过春节每个职工分到一斤猪肉,大家都夸小曹。

公司体制改革以后,小曹承包经营小卖部,他第一个举措就是将所有商品价格下调,想法很明了——薄利多销。在他经营期间,小卖部人气大增,红红火火。小曹的第一桶金,是在并不起眼的小卖部掘来的,可以说明他具有经商的思路和想法。此后他到公司综合开发部工作,负责向日本等国出口虾仁和其他海产品,先人一步的智慧得到了更充分的显现,为公司赢得了不少外汇。

小曹真正开始为自己干,首先瞄准的商机是拉链机。当时温州以及浙江一带服装厂众多,但是制造拉链的机器却非常稀少。他几次赴上海,通过外贸单位向德国进口了三台拉链机,日生产拉链上千条,既缓解了拉链供不应求的问题,也完成了最初的资本积累。以后小曹还做过起重机的改装和销售,由于质量好、价格低,市场需求大,常常要排队预定。

小曹的生意越做越大,钱也越赚越多,可是却突然停止了,不做了。原来小曹偶尔喝点酒,1999年劳动节那天,他和家人一起吃饭时喝了一些酒,突然感到头昏脑涨,身体极度不适,紧接着口吐白沫人事不省,幸亏家人及时将他送到医院。他喝了假酒,医生说如果不是抢救及时,很有可能造成双目失明的严重后果。随后几天小曹足不出户,陷于思考之中。他想,钱也已经挣了不少,除了做生意赚钱,是不是该干些别的什么?一个想法忽然冒了出来,做防伪标识,让更多人,包括自己,少受假冒伪劣产品之害。

从那天开始至今,小曹没做过一笔生意,没赚过一分钱。他把所有的时间都用到防伪标识的研究上来,投入资金达数百万元之巨。他说做生意的窍门是抢先,做防伪也要做别人没有的、国际领先的。有雄心大志固然好,可是对于只具中学学历的人来说,距离实在太遥远。或许这正是小曹的不同常人之处,他认准了一条路就要跑下去,一切从零开始。他说不怕不懂,就怕不做,有了开始,就会有结果。他一头钻进防伪技术研究探索中,边学边试验,经历了无数次挫折和失败,就连一直支持他的妻子也不能理解,何必这样苦了自己!许是为了躲开妻子的唠叨和干扰,小曹只身来到上海,并且注册了亮丽科技有限公司。上海领先的科技信息,使小曹得到了许多启发和帮助,成果渐渐显现。近年来他先后发明了蓄光发光防伪包装、薄膜拉带、转移包装膜三项成果，并且获得国家专利局颁发的专利证书。

　　对于小曹而言，这不能不说是一个奇迹。他成功的根本原因，就是锲而不舍的执着精神。是的，这些年他都是在付出，但他无怨无悔。用他的话说，社会曾经给我机会，让我得到过；能够给社会一点回报，是我最大的愉快。小个子小曹，真心希望你继续保持这份执着，继续向前走，一定会越走越好！

# 苗人罗亮

罗亮是来我家做装修活时认识的，他是贵州台江人，一眼就能看出山里孩子那种特有的淳朴。装修队里数他年龄最小，可他是唯一的电工，当时我很有些担心，用电安全关联生命，而他又这么年轻，能担当得起吗？事实证明我的忧心是多余的，罗亮的技术很出色，他还有超乎年龄的认真和细致。

装修结束以后再没见过罗亮，听说他回贵州去了。家人和我对这个小伙子怀有好感，但时间久了，也就渐渐淡忘了。

去年春夏之交，我去贵州观摩苗族"姊妹节"，地点就是有"天下苗族第一县"之称的台江县。"姊妹节"是传统的苗族节日，每年农历三月十五这天，青年男女唱着古老的姊妹歌，自由地表露心迹，选择爱侣。飘香的苞谷酒，动人的苗歌轻舞，融进浓浓的亲情。看着被熊熊篝火映红的一张张笑脸，我忽然想起了罗亮，他也是台江的，很可能也是苗族人，现在好吗？我真有点想他，期盼和他见上一面。

乡政府文教助理热情帮助，打听到罗亮是弯刀河苗寨的，还找来了也是姓罗的村长。那天上午我和罗村长在乡政府见面，然后便随他上路。罗村长五十多岁，头上裹着布巾，被山风吹黑的脸上满是皱褶。路上听他说了一些有关罗亮和他家的情况。罗亮的父亲是村里的电工，但无正规证照，在为村民打谷拉线时，不幸触电身亡。当时罗亮在县里读初一，以后再没去上学，家里有弟妹三个，他要帮助母亲挑起养家活口的担子，还要让弟妹们上学。罗亮到上海务工，装修队看他年龄太小，安排他给电工师傅当小工。说到这罗村长摇摇头，叹了一口气，老者（爸）死在电上，娃娃（儿子）心里害怕，可他不敢说，怕失去这份活路。此时我方才明白，罗亮超乎年龄的认真和细致的由来。

又翻过一座山，罗村长手指着前面说，那就是我们弯刀河寨。站在高处望去，那个安在半山腰的寨子，掩在青绿的树丛间，袅袅升腾的炊烟飘浮到云彩里，一条小河环绕村寨流过，就像一把弯弯的刀，守护着这片原始的宁静。我想，这或许就是弯刀河寨寨名的来历吧。

架在河上的竹桥，不足两米宽，走在晃悠悠、吱吱响的桥上，但见那自山上奔泻而来的河水流速很快，发出"哗哗"的声响，令人顿生畏惧。罗村长扶我慢慢走过竹桥，悬着的心方才放下，另一种沉重却又袭上心头：这是村里通向外面的唯一途径啊！

罗亮的家和村里大多住房一样，是苗族人传统的木结构吊脚楼，上层住人，下面养牲畜。我和罗村长刚走进园子，罗亮的母亲，一位五十多岁的妇女就迎了出来，她手里端着一只盛满米酒的碗，这是苗族习俗的进门酒。喝了酒，罗亮母亲将我们引上楼，忙不迭地让座敬茶，她说罗亮在山上打石头，很快就会回来。罗村长吸了一杆竹筒烟，来了精神，话也多了起来。他告诉我这样一件事：罗亮从上海回来之后，向村委会提出造桥。当时村里一些老人说罗亮是见了世面长了胆，做梦把上海的大桥搬到山里来。可是罗亮说干就干，他找乡、县政府求支持，终于把造桥图纸设计出来了。然后制定了自力更生、集资造桥的方案，在村民大会上通过。现在罗亮带着一群年轻人在山上打石头，就是为造桥准备材料，马上就要开工啦。

　　罗村长又吸了一口烟，很感慨地说，先人们几次造桥，都因为坡陡落差大、水流湍急而告失败。罗亮这娃儿闯荡几年出息了，还学会了宣传策略，州里报纸登个山里造大桥的消息，各方面都来帮助，捐款捐物的来了不少。村里有个当兵的，驻守在边疆高原，听说家乡要造桥，马上把准备结婚的钱寄来了，汇款单上就一句话：造好幸福桥。

　　说话间，好客的罗亮母亲已经摆满了一桌菜，连酒也斟上了。此时此刻，我眼前浮现出罗亮那张娃娃脸和他瘦小的身材，我想他现在一定长大了，长结实了。我还想，今天一定要和他好好喝上几杯……

　　当年国庆前夕，获悉大桥已经建成，不久便接到罗亮寄来的照片。从照片上我看到那座全部用石块垒砌的、富有民族风格的拱形大桥，青石板铺就的桥面很宽畅，可供两辆汽车通行。罗亮在信上热情地邀我再去台江，走一走这座幸福桥。

# 香港胡老板

老板，尤其是大老板，应该是西装革履的，脸上是微笑的，眼神是闪烁的。如此看来，胡剑业这个香港老板就不太像老板了，他穿着很普通，目光诚实，见人还有些拘谨。国庆长假期间，在南京路步行街，见到了这位胡老板。我估量他小我几岁，可他却长我两岁，而且有过相同的经历，他也当过知青，在江西插队。香港人怎么会来内地插队？话题由此而起。

胡剑业六岁那年，当海员的父亲来上海看望祖母，讲了几句批评"大跃进"的话，被逮捕判刑。家庭失去经济来源，生活无以为继，胡剑业姐弟三人被祖母接到上海，由伯父和姑妈合力抚养，母亲和最小的弟弟留在香港。胡剑业说内地更有人情味，尤其是小学老师，给了他许多关爱，令他终生难忘。他是个知恩图报的人，上世纪九十年代来奉贤投资办厂，就是小学老师的儿子穿针引线，创建了当时邬桥镇的第一家合资企业。

胡剑业插队回城以后，父亲的错案得到纠正，然后找到失散多年的母亲。他为尽孝而赴港。他从打工开始，付出更多的辛劳和智慧，由此得到回报，从蓝领变为白领，当过销售经理、行政经理，一直到总经理。他在奉贤邬桥投资时，在香港和深圳各有一家工厂。由于难以分身，他将在邬桥的上海华兴包装材料有限公司托付给老师的儿子管理。时至1997年,在香港的胡剑业接到邬桥镇政府的电话,说有紧急情况要他立即赶回来。事情是原料供应商追讨欠款引发的,当天赶到的胡剑业看到亏损400多万元的财务报表,而且尚欠供应商一百多万元。

人是会变的,当境遇变了,权在握,财伸手可触,原本脆弱的道德防线一退再退,直至崩溃。胡剑业十分信任的这位老师的儿子,如果失职或管理不当,均可别论,但他虚拟理由提走现金达100多万元,用于个人挥霍,甚至家里女佣的报酬也要企业承担。不仅如此,厂里技术人员和工人已经丧失信心,都在作离开的打算。这天夜里,胡剑业通宵没睡,坐了一整夜,想了一整夜。他想宣告破产,一走了之。他也想到用错人的责任在自己,经济损失甘愿承担,但倔强的个性又使他不愿服输。他还想到工厂初建之时,用来盖厂房的一部分土地上还种着稻子,但进口的机器将如期而至。镇长召开紧急会议,动员农民提早割稻,损失由政府承担。厂房按计划建成,机器也运到了,七辆集卡排成一条长龙。当时没有起重设备,又是镇长出面组织群众手抬肩扛,将机器搬进车间。他知道,没有镇政府的无私支持,这个厂是办不起来的。就在这个不眠之夜,胡剑业做出决定,将合伙人提出撤股的股份都买下,自己来经营管理这个厂。第二天,他召开全厂大会,向职工们表态:我和你们一起从头开始,一定要把厂办好。接着,他将所有的供应商请来,承诺三个月付清全部欠款。然后登门拜访客户,争取理解,继续保持业务关系。

在南京路步行街见到胡剑业,原来是他和全厂职工包乘大巴来市里度假游玩。类似的活动,每年都要搞几次。胡剑业说,厂好了,工人也好了,好了就要出来玩玩。这句质朴的话里,包含了胡剑业付出的许多许多。1997年以来,华兴厂脚踏实地,讲求信誉,保质保量创品牌,产值大幅提高。但是,整整八年里,胡剑业仅休过三天假。儿子有意见，说他不要家了，胡剑业说奉贤也是我的家，你们也应该常来看看。

胡剑业很动情地对我说，他遇到了一个真正实干的好领导，解决了很多难题，提供了实实在在的帮助，从来不求回报，这样的领导难能可贵。人们把地方领导称为父母官，既说明地方领导拥有大权，更说明父母官的作为与民众的安危、生活质量，乃至一切息息相关。历史上的好官、清官，受人民爱戴、赞美，念念不忘，就是这个道理，所谓做官一任，造福一方。

上个星期天，我来到奉贤邬桥，刚踏进华兴厂就听到人声鼎沸。车间后面的篮球场上，两支球队正在比赛，场边的观众不时发出欢呼。胡剑业穿着背心奔跑在场上，他跨步上篮没投中，场外工人喊：老胡，加油！胡剑业笑着向工人招手，我能感受到一种轻松和谐的气氛。华兴公司是奉贤区民营企业中率先成立职代会的，是"上海市就业和社会保障先进民营企业"，工作和生活在这里的职工没有后顾之忧，外地员工节假日回家，工会早早预定了车票。

晚上，胡剑业邀我一起去参加一个职工的生日派对。月华似水，夜风中弥漫着桂花的幽香，胡剑业打开香槟，一曲《祝你生日快乐》在夜空回荡。

# 上海有个贵阳人

水过有印，人过有迹。回眸大西南刚解放时的火热岁月，许多来自五湖四海，从炮火硝烟中一路走来的部队干部，留在了这片土地上，投身到祖国西南建设的行列中。出于对生命轨迹的一种纪念，他们往往以地名给自己的后代命名，由此，在贵州叫黔生、筑生的人颇多，莫贵阳便是其中之一。他的父亲是河南林县人，在太行山上参加革命，南下征战到贵阳，生下他就起名莫贵阳。他的性格既秉承了北方汉子的率真和粗犷，又有南方人的俭朴和细致。

我与莫贵阳相识，缘于贵州籍著名诗人黎焕颐。1998年，我所在的杂志要办一期增刊，黎老介绍我找莫贵阳了解审批手续，在贵州人民出版社总编辑办公室，我见到了他。那时他四十多岁，显得精干而睿智。初次相见，他全无客套，坦陈己见，且仔细分析杂志的市场和受众，对增刊表示担忧，再三嘱我慎重。可是我没有听信他的忠告，反而笃信于书商的承诺，结果正如他所预料的那样，事与愿违，书商也没了影。但是我却和他成了朋友。他是一位值得信任、值得终生订交的朋友。

他很忙，经常为组稿四处奔走，有时找不到旅馆，地下室也住，丝毫没有总编辑的架子。我去他的家，房间里常常是一地稿纸，桌上放着几个充饥的馒头。值得一提的是，他和出版社的同事远赴巴黎，把阿加莎·克里斯蒂的八十种小说引进贵州，精心组织翻译、设计和出版，在西安的全国书市上引起轰动，不仅赢得了"双效"，而且让人们对边远省份的出版社刮目相看。为了彰显贵州文化，他把沉寂了上百年的贵州先贤黎庶昌在日本公使任上辑刊的二十六种凡两百卷《古逸丛书》，这部中国近代史上的重要典籍，依原样重新影印出版，并作序推介。著名学者、作家雷抒雁先生说，这是贵州文化史上的一件可圈可点、功德无量的大事情。在他任上，贵州出了不少有影响的、获得各种奖项的好书，证明了他的见识和眼光，也使得他在出版界享有盛誉。知名作家欧阳黔生的长篇小说《雄关漫道》问世，也与莫贵阳的策划分不开。

2005年10月17日巴金先生逝世，时任中国作协书记处书记的吉狄马加来沪参加悼念活动，期间约我一起去看望黎老。那天下午秋雨霏霏，马加书记坐我开的车到黎老府上，有一个人先我们到达，就是莫贵阳。我为这次不期而遇高兴，更让我高兴的是，他已调中国出版集团东方出版中心，成了一名来自贵阳的新上海人。马加书记与莫贵阳也是多年的文友，邂逅喜悦过后热烈地交谈起来，那是一个难忘的夜晚。

当时东方出版中心尚未及时给莫贵阳安排住处，他在黎府暂居，那段时间我经常过去，饭后茶余谈天说地。莫贵阳在文史方面具有深厚的根底，知识广博，谈及某种文学现象时，对其历史背景与时代特征，均能一一道来，且有独到见解。他还写得一手好字，有一天晚上给我写了一幅字，是唐代罗隐的一首诗："不论平地与山尖，无限风光尽被占。采得百花成蜜后，为谁辛苦为谁甜？"我读过这首诗，亦知道他借这首诗的寓意，编辑工作犹如蜜蜂辛勤采蜜。那年他满五十岁，跨过知天命之年，人生又多了一种感悟。有人恋栈权位，有人忙着聚财，有人及时行乐，而他两袖清风淡定从容，埋头读书、编书。在上海短短的几年里，他编辑策划的书籍先后获得

"优秀图书奖""优秀选题奖""优秀畅销书奖""综合一等奖"等奖项，或许这就是一个文化人在望耆之年，用自己的方式诠释人生价值和生命的美丽。

去年春节，莫贵阳邀我去贵州过年，我欣然成行。飞抵贵阳龙洞堡机场以后，我们先去了遵义，因为莫贵阳要去看他的母亲。可是很不巧，到遵义的当天夜里，他九十岁高龄的母亲因病住进医院。莫贵阳日夜陪护，寸步不离，我目睹他为母亲生病的那种焦急，也看到他为母亲痊愈出院的那份喜悦。百善孝为先，有孝才会有大爱，由此我联想到莫贵阳对焕颐先生的深切感情。黎老病重期间，他得空便往医院跑；黎老不幸辞世，他是除亲属外第一个赶到华山医院ICU病房的人，那是凌晨四点钟。随后他又操持了黎老的追悼会，乃至入葬。显然，这是对传统道德文化的敬仰，是对老一辈文化人的敬重。

曾与莫贵阳探讨人生三味。何为三味？自然想到了鲁迅先生的《从百草园到三味书屋》。"三"在古汉语中泛指多数，就读书而言，要反复体会、领悟；然对人生而言，世路艰险，酸甜苦辣皆有。先哲王阳明有言：尊德养心，格除物欲，良知自明。这种超凡脱俗的人生境界，似乎离我们愈来愈远了，是因为时代在前进吗？

好久没见莫贵阳，昨天通了电话，他最近很忙，正在编辑出版几部大书，要向新中国成立六十周年献上一份厚礼。其中有著名作家叶辛撰写的、介绍贵州文化的《茅台酒秘史》，在上海引起很大关注，二十多家主流媒体纷纷进行了报道。他把多彩贵州的绚丽介绍给"千里莺啼绿映红"的水墨江南，介绍给潮涌浦江的上海。在清晨上班的人流里，在落霞满地的归途中，每天都有莫贵阳匆忙的身影。

我想，贵州不会忘记他。

我想，上海的读者应该感谢他。

## 心静茶愈香

人难免有点嗜好,我喜欢喝茶,绿茶红茶都喝。可以引作欣慰的是,"奔六"年龄"三高"不沾,体型依然,各项健康指标正常。

去年世博期间,成都几位作家来上海,其中潘耀华是我朋友,下榻新华路上的一家宾馆。那天我去看耀华,想在大堂里的茶室请他喝茶,可他却说已经找好地方,然后拉着我就走。正是盛夏季节,户外阳光如炽,天气格外炎热。何苦呢?好在没多远,便到了一家茶馆门前,耀华抹去额头上的汗,不无得意地说,好不容易才找到了这个地方。我有点不以为然,这家仅一开间的小茶馆,外表平常,除了"茶逸轩"三个书法字体飘逸,并无特别之处。

2007年春,我在成都初识耀华,之前读过他的文章,还听说他的夫人是位成功女士,掌控多家企业。但他一概不过问,白天依然上班,晚上依然著文。不过他也有嗜好,喜欢饮酒,而且酒量特大。我在成都数日,他热情款待,让我见识了他的酒量,也见识了他豪爽的性格。

推开"茶逸轩"的门扉,只见一位年轻姑娘坐在正对门的琴案上弹奏古筝,乐声清幽悦耳,恍如一股山泉缓缓流淌,滴答有声。我朝四周看了看,这间茶馆虽然不大,但装饰得古色古香,十分精致,给人小巧玲珑的感觉。着旗袍的迎宾小姐躬身作请,将我们引进小间入座。耀华朝我看一眼,意思是说这地方不错吧?是的,这里环境优雅，桌椅摆设均为明式风格的红木制作，尤其是小间门前的雕花屏风和壁上挂着的字画，透出浓郁的文化气息。

我们点了铁观音，小姐置茶、注水、烫杯，一串动作轻盈娴熟，显然经过茶艺培训。茶香满室飘绕，耀华脱口吟道："客来正月九，庭前鹅黄柳。对坐细论文，烹茶香胜酒。"吟罢哈哈一笑，又说，成都人爱泡茶馆，我出差到外地，先找喝茶的地方，再找睡觉的地方。这次来看世博，就由不得自己了，因为客房紧张，但是功夫不负有心人啊！他有意加重了"啊"的音量，是为找到心仪的茶馆自得。

其实上海茶馆也不少，而且功能颇多，可休闲可会客，能喝茶又能享用各种美食。可是耀华有讲究，崇尚茶艺茶道，寻求茶文化意韵。在上海几天，每天都要来这里坐一坐，边品茗边欣赏古筝，身心俱静，更觉茶香。他告诉我，这家茶馆是一个做建材生意的广东人所有，由爱喝茶而对茶文化产生兴趣，想为继承光大茶文化出点力。我没有见到这位广东老板，但隐约有种感觉，或许他需要回归。见多了灯红酒绿，厌了倦了累了，向往淡泊宁静。不得不说，这家体现中国传统文化元素的茶楼，虚席以待，来客寥寥，很是落寞。

耀华聊起一件事，儿子大学毕业有了工作，要求买辆车，他妈一口答应买宝马，可是耀华坚决不同意，最终没买成。耀华说，老婆生意上的事我从来不管，但是教育儿子的事我必须管，而且没商量。耀华是有个性的人，在拜金潮四溅的迷茫时代，不随波逐流，始终保持一份自尊，一种独立。经济发展带来物质满足的同时，也带来了几乎无处不在的浮躁之气。两晋南北朝时，一度奢侈成风，有识之士提出"以茶养廉"，对抗奢靡。茶文化是中国传统文化的组成部分，其内涵就是修身养性，陶冶情操，回归自然。

耀华回成都了，我却成了这家茶馆的常客，有暇便来坐坐，品茗赏乐，心静愈觉茶香。品茶的人也渐多起来，可就是没见到那位广东老板。莫非是耐不住寂寞，又转身回到红尘中去了？

# 张洪琴律师

1996年仲夏，我为朋友找律师，打官司，认识了张洪琴。这位名字似为女性的律师，却是一位壮实的男子汉，当年刚三十出头，风华正茂，毅然辞去令人羡慕的高级法院法官身份，自愿当一名普通律师。当然，此举并非容易，需要不凡的胆识，我与他长期交往，领略到了这种胆识。

当时我国的法律制度尚不完善，执法环境不如人意，律师的作用相当有限，张洪琴清醒地意识到这些。他曾告诉我，少年时代看了一部电影《风暴》，片中的施洋大律师为平汉铁路工人，不畏强权，仗义执言，给他留下深刻影响。他说律师的职责就是为当事人辩护，尽可能地减轻处罚，不受冤屈。因此要求律师的法律知识更全面，方能胜任这项具有挑战性的工作，而律师的地位和作用，实际反映了司法的公正性。

打官司的当事人姓王，是一家国有食品公司的经理，他与一个台湾商人合作办厂。由于台商拖欠建厂工程款，几次三番催讨不得，工程队将台商诉至法院，不料王经理却被检察院带走。原来台商举报王经理索贿两万美元，检察院起获部分赃款，人证物证俱全，王经理被逮捕。案件进入司法程序，张律师作为本案的代理人，查阅案宗，会见被告，发现检方以索贿罪起诉被告，罪名不符，证据不足。按照"主张方举证"的规定,张律师出示有关证据,法院予以采信,作出退检决定。

事出有因。王经理参加上级公司组织的赴美国考察活动,想顺便购买一些免税商品,由于兑换外币有限,他向这名台商提出换两万美元的要求,并拿出对等数额的人民币。台商取出两万美元给王经理,说我们是朋友,送给你。王经理不同意,台商坚持,最终王经理收下两万美元,随后回赠礼品给台商。王经理向办案人员陈诉了上述情节,办案人员也询问了台商,但是台商矢口否认,而王经理拿不出证据。办案人员认为王经理换美元是假象,索贿是其真实目的,所以构成索贿罪要件。

王经理送给台商的礼品,其中有一本清朝期间的册页绘画,如果属实,张律师认为台商得到了这本册页,可能带回台湾。台商果真携册页出境,因此画系清中期以画芦苇大雁闻名、人称边芦苇的画家所作,属文物级,海关依据文物未经正规渠道买卖不得出境的规定,不予放行。张律师向法院出示的证据,正是海关当时的记录,案情由此得以逆转,王经理被免予刑事起诉。张律师的敬业精神,锲而不舍,以及广博的知识,还案件以本来面目,起到了关键作用。

翌年新春,我参加杭州西湖笔会,万万没有想到,竟然遇见张洪琴律师,原来他是笔会赞助方的法律顾问,还是一个文学爱好者。此后我们时常见面,海阔天空,无所不谈,当然,谈得更多的是文学。我好酒,张律师亦善饮,而且做得一手好菜,常常不醉不归。有时我很惊讶,他非专业作者,但对作品的鉴赏水准颇高,往往一语中的,这不仅需要丰富的阅读量,还要具备历史、哲学、社会学等多种学养。

我曾与张律师谈及辞职的话题,他引用马克思的一段话:我们有选择职业的自由,但往往与之没有发生直接关系前,在某种程度上已经被规定了。了解张律师的人能够理解,他率真的性格,富有同情心，以及热诚的人文情怀，或许不太适合当法官。他还坦言，也有经济方面的考量，希望多一些收入，让家人生活得好些。其实很多人从事的职业并非适合自己，但重新选择，放弃已经拥有的，难上加难。广义而言，从事适合的职业，发挥一己所长，有利于个人，有利于社会。

成长一定与经历有关。张洪琴在应该学习的时候，由于史无前例的"文化大革命"，失去学习机会，被分配到一家工厂的食堂工作，他会厨艺正缘于此。生活在社会底层，接触最普通、最广大的人群，耳濡目染民间疾苦，生活艰辛，影响了他的价值观取向。他靠自学、上夜大，完成本科学历，考取法官资格。身份变了，本真不变，依然同情弱者，乐于助人。我记得一次聚会，其中有个搞水果批发的朋友，因为经营不善而破产，席间一语不发，满脸愁云。张律师为之思索琢磨了几天，想出具有前瞻性意义的营销策略，散发水果订购卡，消费者需要的时候，只要打个电话，即可送货上门，省时省力。放眼当下无处不在的快递行业，距离不过十余年，张律师那双智慧的眼睛，已然预见信息化时代的到来。

时光荏苒，岁月悄悄流失，我与张律师交往了二十多个春秋，差不多同时步入花甲之年。大概长期辛劳，他不幸罹患肾衰竭，靠腹透维持，仍然坚持工作。2017年阳春3月，张律师难得"聊发少年狂"，约上几位至交外出踏青，游览六朝古都南京。攀登中山陵，他因体力不支而止步，坐在山下憩息。当我们返回时，他满面笑容地迎来，为我们的畅游而高兴。荡舟秦淮河时，下起了夜雨，风也大起来，他有点畏寒，捂紧了衣领，我们都为他的身体担忧。从南京回来，不几天就是清明节，张律师和家人一起去宁波老家扫墓。那天正吃晚饭，他的妹妹打来电话，说张洪琴走了，我顿时惊呆了，手里的碗摔落在地上。

追悼会上，有位律师同行写了一副挽联，沉痛哀悼张洪琴大律师。这个称谓很准确，很贴切。张律师虽然没有代理惊天动地的大案，一举成名，但是律师真正的才华，并不在于案子大小。张律师经手无数个案例，最大限度维护当事人的合法权益，集腋成裘，聚沙成塔，他是一位名至实归的大律师。

　　人无法主宰生命的消长，但可以选择生命的意义、存在的价值。律师不好做，尤其是好律师，张洪琴为此付出太多，熬干了心血。倘若一位逝者，让许多人念念不忘，虽死犹生，也就值了。张洪琴律师就是这样的一位逝者，许多人会永远怀念他，譬如我。

## 真实的秦怡

在去北京的列车上与作家唐明生先生会合。唐先生长我十岁，早先在《文学报》工作，后来调市文联，任《电影电视文学》杂志主编，能写善编，并且从事影视研究。我开始学写影视剧本时就认识他，多受关照提携，亦师亦兄亦友。

一见面，他先打开提包，拿出一本书递给我，封面上是光彩夺目的秦怡。唐先生说今天书刚到，你是第一个得到的。当夜，在并不很亮的灯光下，一口气读完了《跨越世纪的美丽——秦怡传》。近三十万字的书籍一夜读完，如此强烈的阅读兴趣，这些年已是很少有了，我想这与期待有关。

2005年是中国电影诞生一百周年，影协选择二十位对中国电影开创和发展有着密切关系的电影家，编纂出版《中国电影家传记丛书》，再现中国电影走过的艰苦卓绝又辉煌灿烂的里程，真实记载这些电影家的人生、生活，以及他们对中国电影所做出的贡献。唐明生接受《秦怡传》写作，查阅了大量资料，采访秦怡不下十数次，谈话录音达三十盒之多。严肃的传记作品，想象和挥洒的空间很少，尤其是当代人物。唐明生的认真精神、不凡才智和飞扬文采，让我们看到了一个洗去铅华、真实而美丽的秦怡。

较之现代技术手段包装出来的"星"，秦怡那一代艺术家走过的路，要曲折得多，艰辛得多，付出的更多。区别在于，"星"可以名噪一时，却终难走进艺术家的殿堂。如果说女人天生丽质，是上帝的恩赐，那么时下拥有美丽的"星"，或许可以拥有一切。秦怡的美貌无与伦比，但她不屑唾手可得的荣华富贵，毅然踏上时刻面临生命危险的战场，投身抗战救亡。为了唤起民众的爱国热情，她登台演戏，鼓舞斗志，由此进入演艺圈。抑或这是一种机缘巧合，金石自然发光，中国影坛从此有了秦怡。早在上世纪40年代，夏衍先生便将白扬、舒绣文、张瑞芳和秦怡冠称四大名旦。

和许多同时代的人一样，我也是秦怡的影迷，至今仍保存着许多秦怡的剧照。儿时有过的理想和憧憬，大多和看电影有关，因为能感受到激励奋发的力量。艺术的意义，除了娱乐性，不可或缺的是精神和思想。艺术的感召，归结到底就是正义、高尚和善良。当中国电影百年之际，回顾老一辈艺术家创作的作品，他们塑造的银幕形象，感触尤其深刻。秦怡有公认的美丽，但作为演员，她细腻精湛的表演，能将众多不同身份、性格迥异的角色，恰如其分地表现出来。她的内蕴体现在角色身上，让人们记住了《浪涛滚滚》里的钟叶平，《铁道游击队》里的芳林嫂，《青春之歌》里的林红。这些美丽、善良、坚强的女性，感染了无数观众，甚至影响了几代人。

生活中的秦怡，是一位性格坚强的女性。她的童年并不幸福，险些成为弃婴，过早地尝受了世态炎凉，人情冷暖；她的婚姻同样不幸福，留下的只是伤痕和痛楚。跨越世纪的人生，鲜花和荆棘共生，辉煌和沉浮相连，一路风风雨雨地走来。但是，贯穿她一生，为人处事的原则始终如一，那就是正直和善良。唐明生在书中讲述秦怡和儿子金捷的故事，让我们看到了一位伟大的母亲。患精神病的金捷狂躁时会打人，而且专找秦怡打，因为秦怡给他喂药，他就将她视为敌人。秦怡任他打，只求他别打脸，打坏了脸不能拍戏工作。数十年来，秦怡悉心照料金捷，那份细致，那种入微，令人感动，催人泪下。

　　作为一名功成名就的艺术家，秦怡其实很平凡，没有明星的架子，平易近人，和蔼可亲。她也和常人一样，有着生活的烦恼，人生的理想和追求。了解和走近真实的秦怡，请打开《跨越世纪的美丽》。

# 达观

孙老执教四十余年，为人师表，洁身自律，口碑甚好。75岁时不幸患晚期肝癌。住院治疗期间，同事、学生、邻居关切探视，络绎不绝。一日，孙老自知不久于人世，召集家人商议安排身后事。孙老将内心盘桓已久的决定说出，遭大儿子孙周坚决反对，孙老一时气急昏厥，经抢救方苏醒过来，即逐孙周出室，并说不再和他见面。

男人有泪不轻弹，只是未到伤心处。孙周抱头蹲在外走廊的台阶上，双肩起伏抽泣出声。此时，也是邻居的画家唐天源刚从贵州采风写生归来，卸下行囊便来医院探望，见孙周独自哀伤，误以为孙老已去，一面自责来晚一步，一面上前劝慰孙周节哀自重。孙周抹泪站起，沉默地怒目直对。唐天源不明就里，十分纳闷，自思平日与孙周相处融洽，无冒犯之处，想必孙周伤心过度，于是再行好言相慰。孙周已是忍无可忍，大声道：就是你出的馊主意！言罢掉头而去。唐天源如坠雾谷，愣怔了许久，也没想明究竟是怎么回事，只得怏怏而返。

唐天源刚回到家，孙老的女儿孙清随即赶来，说父亲急请唐先生快去。唐天源这才知道孙老还在。再去医院的一路上，唐天源心里很不平静。孙老平生唯爱书画，常与唐天源评书论画，因为志趣相投，成为忘年交，除此之外并无其他往来。唐天源想不明白的，是自己怎么会卷进了孙老的家事矛盾里？

孙老倚靠在床背上微闭双目，听到开门声旋即睁眼倾身，握住唐天源的手说：天源，你来了，我就等你啊！唐天源颇受感动，忙说：孙老，有什么事你说，你尽管说。孙老神情庄重：我与你相交十多年，从未向你求过一张画，今天我求你一张画，是画我的像。我可以明确地告诉你，我不要坟墓，也不要后人清明祭扫，这幅画就是我永久的归宿。

画一幅画对画家来说不难，但此时此刻唐天源略显踌躇，他已经清楚孙周生气发火的由来。孙老见状便说：天源，我知道刚才孙周对你不恭，你别在意，他给我和他妈置办了二十多平方米的双墓，可我就是不要。我终生教书育人，当然知道土地珍贵，死后还要占那么大块地方，实在不应该。我想传统的观念要破一破，骨灰肥地，后人思念先人，把画挂起来，看一看，和清明祭扫没什么两样，还省事省力，是个意思就行了。

唐天源不由心头一震，马上想起达·芬奇的名画《蒙娜丽莎》，普通妇女蒙娜丽莎因画而流芳百世。当然，孙老决无这个意思，但他对身后事的选择和安排，无疑是一种境界，是对人生的达观和彻悟。

几天后，唐天源带着画去医院，孙老看了欣喜万分，连声说：是我，是我，太好了！

孙老爱黄山，曾数次上山流连忘返。画中的孙老置身黄山莲花峰一侧，遒劲的苍松碧绿青翠，小溪潺潺，似可听闻流水声声。孙老悠闲地安坐于一青石上，一手捧书，一手执杯，读书饮茶，画深处远山浮云，显得辽阔而悠远。

孙老得画精神为之一振，出乎医生至多只能活一月的预断，奇迹般地多活了一年。

这件真实的事情，也许值得人们思想一番。

## 扳腕子趣话

　　武侠小说里常有以武会友的情节描写，不打不相识，在拳来脚往的招式中切磋武功，进而成为好兄弟、好朋友。特别是改编成影视剧搬上屏幕，视觉效果更强烈，武士上天入地，无所不能，刀光剑影，电闪雷劈，令人眼花缭乱，心跳不已。

　　现实生活里，类似于以武会友的事亦时有发生，最常见和最简单的表现形式是扳腕子，用上海方言讲叫"较手劲"。工厂食堂的饭后谈笑时，夏季纳凉的弄堂家门口，只需一张桌子或一个小板凳，旁边一大群人围观。充当公证员的人喊声开始，两只握在一起的手同时发力。两只手的较量，力与力的抗衡，胶着中的双方咬紧牙，瞪圆眼，你来我往，能看到用力的手在震颤，能听到桌凳腿发出的"吱吱"呻吟。扳腕子虽以力量为主，但内中也有技巧的运用，会者善先发力抢把，如同战场上抢占有利地形，克敌制胜。但往往会有反败为胜的情况出现，处于弱势的一方，虽已接近输的底线，仍顽强抵抗，最终以优于对方的耐力扭转局势，取得胜利。胜者在众人的欢呼中满脸笑容，洋洋得意，犹如武士扫平擂台。

　　仙霞路上有一家饭店，店主是山东人，名王雄壮，长得高大壮实，外号大柱子。饭店刚开张，王雄壮便放言，凡来饭店就餐者，若能胜其腕力皆免单。王雄壮此举有以武会友之心，有招揽生意之意，或两者兼而有之。有呼便有应，"较手劲"的强者纷至沓来，一比高低，然数月下来，竟无一胜。于是王雄壮名声大振，他干脆在饭店外面贴出海报，画一彪形大汉，呈健美亮相状，弯着的双臂肌肉突起。海报上一行大字：以武会友扳腕子，胜者任凭海吃海喝！

有人专程找到远在佘山的阿蔡，请他出山制服王雄壮。阿蔡自幼头大，外号"大头"，十岁随父练石锁，二十岁时"较手劲"已无敌手，故外号后面加一"王"字，叫"大头王"。他有一特点，运气发力不动声色，常在面露微笑中制服对方，又称笑面狮。他来到仙霞路上挑战，王雄壮抱拳相迎，伸出手去握手。握手是礼貌，实质是试探，王雄壮略一用力，便知来者不善，必须认真对待。铁桌子两边，交战双方各自捋起袖管，亮出强壮的手臂。只听公证人喊"开始"，那王雄壮先发力抢把，一下子夺得优势，很快将阿蔡的手朝下压去。阿蔡决非等闲之辈，他运气发力仍脸带微笑，很快将形势扭转，被压下去的手逐渐抬起，随即恢复到持平的程度。正当阿蔡要加力之时，突然"啪"的一声响，一条桌腿已经折断，倾斜的桌子将发力的双方带倒在地，倒地的王雄壮和阿蔡的两只手仍紧紧地扭在一起。双方站起来准备另换桌子再战，但看了几张桌子都觉得不牢固。王雄壮说，需定做一张铁桌子，专门用来掰腕子，并约定一周以后再战。

一周后铁桌子做成，安放在饭店的中央，围观的人早早来到，里三层外三层，把饭店挤得水泄不通。王雄壮的山东亲友也赶来上海助阵，他们还架起了大鼓，要以鼓声激励斗志，以求一胜。阿蔡准时履约，此番是有备而来，一交手便抢得主动，发力将王雄壮压下去。但听得王雄壮一声吼，吼声盖过鼓声，只一瞬间他便夺回优势，重新将阿蔡压下去。随后双方在僵持胶着中你来我往，三个反复下来，王雄壮已是满头大汗，阿蔡还是面不改色。最后一搏胜负的时刻到了，鼓声大起，声声激越，阿蔡面带微笑，笑容中已将王雄壮的手牢牢地按倒在铁桌上。

这件真实的事情，一时成了仙霞路一带街头巷尾的美谈。输掉比赛的王雄壮第二天就将饭店盘出，打道回山东老家。临离开上海那天声明：苦练十年再来一决胜负。如今还不到十年，亦不知王雄壮是否会来，但阿蔡却已经发福了，人们对"较手劲"也没了兴趣。充裕的物质条件，尽情地享受生活，吃遍美食，于是大肚汉比比皆是。

据主流媒体报道，目前中国两亿人超重，六千万人肥胖，这是两个多么沉重的数字啊！

## 静安寺记忆

　　静安寺是一座始建于三国时代的古寺，距今一千七百多年，时下香火鼎盛。这里所指的静安寺是地名，由于历史及习惯的原因，地域以寺庙得名的情况颇多见，如静安区、静安寺皆属此列。
　　我家在静安寺，是一条平房和楼房交错、七转八拐，叫老街的弄堂。著名的中国福利会少年宫近在咫尺，那是孩子们的天堂，特别是"勇敢者的道路"，翻越各种颇有难度的障碍，对男孩最具吸引力。可是少年宫面向全市小学生，难得轮流去一次，除非参加音乐、舞蹈等专长辅导班的同学。静安公园有一条高大的梧桐树长廊，夏天树荫下坐满了纳凉的人。而最让我惦念的，是儿童乐园里的电动转马，每星期总要想办法凑几毛钱进去玩一玩。有一阵公园搞施工，挖出不少水泥棺椁，还有一些散落的白骨，很惊骇，很害怕。回家问大人才知道，静安公园原来是静安寺路公墓，专为埋葬租界里的外国人而设，也称外国坟山。当时并不了解那段历史，但却生出一种沉重感，心里有些别扭，此后就很少再去了。
　　静安寺还有一个好玩的地方，就是坐落在乌鲁木齐北路上的静安区工人文化馆，有影剧院、阅览室、棋牌室，还有篮球场、足球场、乒乓球场，面积很大，到处花卉草坪，绿叶扶疏。工人文化馆对工人免费开放，小孩需有大人带领入内，可是这样的机会不多，因为大人总是忙。有时想进而不得进，便特别羡慕那些亮出"派司"昂头进入的工人，惟希望快点长大当工人。进剧院看电影倒不限，大人小孩一样买票，我少年时代所看过的电影，几乎都是在静安区工人文化馆的影剧院里观看的。

上海第一条有轨电车——1路的起点站，设在静安寺，途经繁华的南京路，终点站是广东路外滩，全程约五公里，所谓的"十里洋场"尽收眼底。车站紧挨静安寺庙门前筑有石栏的水池，那时我上小学，每天放学经过，都要趴在池子上看几眼，因为池子里有几只很大很大的乌龟，它们偶尔露面。后来为了拓宽道路，水池被填埋，运送填土的汽车日夜连轴转，愣是填不满。出于好奇现场围观的人越来越多，最终采用钢板覆盖。当时传言纷纷，有一种流传很广的民间说法，此池深不可测，且有暗河通东海。传言并非全无道理，此池确有渊源。南宋嘉定九年（1216年），静安寺原址因离吴淞江太近，庙基恐有倾圮危险，于是迁入芦浦沸井浜边，即如今所在，选址便与水池有关。此池为长年不息的涌泉池，早有"天下第六泉"之美誉，寺庙假自然地理优势，相得益彰，元代以来便为沪上游览胜地。

朝代更迭，世道变迁，战乱毁损，人造的庙宇可以修复再建，而自然生成的"涌泉池"，却因为拓宽一条路而永远地消失，代价是否太大？其实并非那么简单，而是反映了一种认识和态度。两千多年前的老子早有悟："天之道，损有余而补不足。"当每一条河流被污染，每一片土地上都有农药残留，沙尘暴肆意造访，食品、饮水甚至呼吸都丧失了起码的安全，生存危机无处不在。"该如何生活"是一个大命题，关乎人生观、价值观等等方面，但人类至少形成一种共识：生存与大自然息息相关，生活的物理基础来自自然。

与静安古寺一墙之隔的一条弄堂叫庙弄，亦属因寺得名。庙弄很长也很直，从位于南京西路的弄口进去，能直接穿到愚园路上。早年庙会就设在庙弄，随着规模不断扩大，商贾云集，游人如织，上世纪三十年代静安寺商市已初具规模。后来庙会停办了，但庙弄时常有卖小百货和玩具的小贩出没。我们学校离庙弄很近，有时饭后午休时间去溜一圈，为买到称心且价廉的玩具高兴好久。但我们从不涉足大门敞开、任人进出的寺庙，那时大人也很少踏访。有一天我们又去了庙弄，正遇上戴红袖箍的人扫地摊。小贩们席卷而逃，其中一老妪边跑边回头，恰巧一辆黄鱼车径直驶来，眼看就要撞上，忽然一人出手将老妪拽到一旁，他自己的左脸颊却磕在铁质的车把上，顿时血流满面。那人穿着打补丁的青灰僧衣，是庙里的和尚，很年轻，大约十七八岁。再后来寺庙封门，佛像俱被砸毁，所有僧人被迫还俗，再没见过那个小和尚。

  静安寺和许多地方一样，经历了大拆大建，老街和庙弄，以及耕读村、延年坊等许多海派文化根脉所系的石库门建筑不复存在，取而代之的是高楼林立。静安公园一侧建成了下沉式广场，很具现代化元素，静安寺庙宇更是金碧辉煌。但是静安寺区域人口急骤减少，纵然大厦高耸入云，商场食肆极尽豪华，毕竟少了一种平常的生活气息。倒是搬迁到边缘乡郊的原住民，时而结伴来到静安寺，在已觉陌生的街道上走一走，或到庙里烧炷香，寄托记忆的"乡愁"。静安区工人文化馆在希尔顿、贵都、静安宾馆等一群豪华酒店的包围中，所有场地丧失殆尽，影剧院也没有了，只剩下一条逼仄的通道和早先的一块牌子。我曾期盼亮"派司"、昂头步入的那种向往，与现实的落差之大，犹如云泥。

  静安寺还有个闻名遐迩的百乐门舞厅，早在上世纪三十年代，它就享有"东方第一乐府"的盛誉。当年张学良是这里的常客，陈香梅和陈纳德在此举办订婚仪式，这里还留下了卓别林夫妇的足迹。五十年代百乐门改为红都戏院，后来又改为红都影剧院，既能放电影，亦可上演舞台剧。那时大多人家住房紧张，三代人同居一室的情况比比皆是，男女青年少有私会场所，红都影剧院成为首选，常常一票难求。"十年浩劫"结束，李光曦在这里唱响《祝酒歌》，唱出了广大民众劫后余生的庆幸，一时里竟然斤酒难沽。改革开放以来，百乐门几度装修，最近一次聘请外国设计师精心设计，施工历时整整四年，金字招牌重新挂出，尽显尊贵华丽，引领时尚潮流，然工薪阶层望而却步，不敢问津。

无论世事如何变迁，静安寺作为地名，将永远存在下去，而静安寺的那些过往，也将永远留存在我的记忆中。

## 永远的乡魂

读到一篇好散文，是一种精神愉悦的享受。曾元沧的新作《灵猴小传》，是他丰富的阅历、深沉的思索，酿制出的一杯味甘质纯的葡萄美酒。

猴类抑或是人类的近亲，作者引唐人小说《补江总白猿传》起笔，欧阳纥之妻被一神猴掠走，还有了身孕。人与猴自古"说不清，理还乱"。然后作者不无调侃地说："至今猿猴对穿红着绿的女性仍兴趣盎然，看来，猴性未改。"了了几笔开篇，已是满纸风趣，自然吸引了读者的眼球，欲罢不能，一睹为快。

我们知道，动物中除了狗和猫，猴子是和人类最亲近的。因为它们生性调皮，加上身手敏捷，被人们所喜爱。《西游记》里的孙悟空，就是一只猴子，他一路除妖斩魔，历经千难万险，护佑唐僧取回真经。曾元沧文中的灵猴不是"大圣"级的，而是生在野山中，出没于丛林间的普通小猴。是一群为了生存，时常对人类进行骚扰，在一定程度上和人发生直接关系的顽猴。"灵猴身轻似燕，简直会飞檐走壁，尼姑们拿它没办法。它借着树枝摆渡，荡秋千似地就到了墙头上，又从围墙上一跃而下，落地无声，七拉八扯就一只西瓜到手。即使被尼姑们发现了，它也满不在乎，边跑动边推西瓜边回过头来冲着尼姑笑笑……灵猴聪明，它知道量力而为，总是挑差不多大小的西瓜，大的它搬不动"。这段描写实在精彩，猴子只只栩栩如生，天赋灵性跃然纸上，一览无遗。

显然，没有亲眼目睹，没有自身经历，很难写出这段生动的文字。作者的家乡在福建山区，儿时砍柴归来路过尼姑庵，会进去小坐片刻，喝一杯尼姑自种的茶叶泡的茶水；小伙伴们主动去庵里护瓜，有功受禄，可以吃到尼姑种的西瓜。这种自然有趣的、富含人情味的、在当时极为常见的情景，离现实生活已经很遥远。但是，这些往事一直萦绕在作者的心底，挥之不去。我想大概与尼姑们的关照有关："吓吓它们就行了，别伤着它们。"这是修行人的善良，意在由防猴护瓜引申到道德品质的层面，蕴含净化灵魂的张力。

散文创作，仅有经历是不够的，还需要作者用心提炼。善于发现素材，准确捕捉素材的闪光点，并将其折射放大。高质量和高境界的散文作品，必然是作者用心灵去感悟人类文明与进步、劳动与创造、智慧和善行，以及生存的艰窘和精神的苦难。"上世纪60年代初闹饥荒的日子，这些也许真的与人类有着'血缘关系'的灵猴们，不幸遭受厄运——被人尊为桌上之珍。"这里作者有意做了淡化处理，没有再现历史，或许不忍写出更糟糕的一幕。引而不发，避免阅读的沉重感，却同样令人回眸凝思。世界在变，代表现代文明的钢筋水泥，吞噬了大片田野森林，作者始终惦记着的灵猴现在何处？"如今，古庵犹在，院落内的西瓜依旧长藤、开花、结果，却不见了可爱的灵猴，想'请客'也没了送处。"这是作者发自内心的感叹，虽然有些无奈，但令人为之一震。接着情真意切地喊出："想念灵猴，真的很想念！"作品的撼人之处，在余音袅袅、意犹不尽中充分凸显。

散文的主题可以多义性，重要的是，致力于追求文化与思想的内蕴。《灵猴小传》是儿时回忆，是深切的思乡情结，是呼吁珍惜和保护自然，是祈望人们行善，这些理解都不错。若细加琢磨，往深里想，我感觉作者的着力点，还是在于有关人性的思考，是真诚、善良和美好的思想启迪。就散文形式而言，这篇作品构思精巧，布局合理，收放从容，笔到之处浓淡有致。而且语言很有特色，没有华丽的辞章，没有娇柔的煽情，是作者一贯的本色透明，质朴无华。

　　我读过曾元沧先生的多篇散文，都能感到精神的享受，灵魂的净化，心智的提升。文如其人在他身上得到了印证，他做人本色，精神仁爱，向往自然。这三大元素，构成了曾元沧精神世界居核心地位的乡魂。永远的乡魂。

# 梅影横斜

他在家里和情人幽会，是白天，妻子上班去了。有人敲门，他没应声，以为敲门的人就会离开。事情并非他所想，门外的人仍然不停地敲，而且只敲不喊，使他无法知道是谁。他后悔早该在门上安个猫眼。终于，敲门声停止了，一切重归于平静。

这是前不久一位朋友对我说的。他约我到七宝古镇小酌，在一户农家园里，桌子安在一棵大树下，有月光从树叶间撒落，有秋风送来桂花的幽香。喝着淳厚的绍兴黄酒，他不忌讳地向我讲起了他的隐私。

他说，大约平静了半个小时，敲门声再次响起，还夹杂着喊声，是妻子。门是上了保险的，妻子用钥匙无法打开，他和她用最快的速度收拾好，然后打开门。门外站着两个人，他的妻子，她的丈夫，最糟糕的事就这样突然发生了，场面难堪至极。他没有解释，也无话可说，她掩面夺门而出，但放在巷子里的自行车轮胎已被放气。她丈夫怀疑在先，尾随而来，敲不开门，想去打电话告发给他的妻子（当时没手机），又恐怕自己的妻子趁机跑掉，于是拔掉自行车气门，以滞缓时间。当然，这些是后来才知道的。

这一切似乎不该发生，尤其是在他和她之间，她是他妻子的同事。相识是偶然，妻子单位发电影票，他去了。临开场时她来了，座位恰在妻的旁边，妻做了介绍。他除了感觉她很美，并无其他想法，散场时不过相互点点头。有一次下大雨，他开车去接妻子，电话打进去，妻说弄错了一笔账，不知什么时候能查出来，让他先回去。那时她从大门里走来，他提出顺道送她，她犹豫了一下上了车，路上只说了几句关于天气和雨大的话。这两次相遇都归于偶然，如果没有第三次的偶然出现，以后的事就不会发生。他乘船去崇明岛办事，在甲板上看见她颀长的身影依靠在舷栏边，他走过去，和她一样看着长江翻滚的波浪。后来他和她去了森林公园，正是凌寒赏梅的时节，小径上梅枝横斜，暗香浮动。

　　事情已经到了这步田地，他向妻子，她向丈夫，同时提出离婚。他的妻子同意了，她的丈夫坚决不同意。他约她丈夫面谈，她也在场，谈到深夜仍无果。他开车送她和她丈夫回家，她丈夫突然打开疾驶的车门要跳，被她死死拉住。悲剧避免了，她却退缩了。

　　这是几年前的事了，他现在告诉我，是因为今天看见了她。她迎面走来，他瞬息愣怔，随即喊她，她看了一眼马上埋头疾行。说到这里，他也埋下了头，再抬起头时，眼里竟噙着泪。他沉默了很久才说，当时很吃惊，简直不敢相信，她变得几乎认不出，她的美不在了，皱纹过早地爬上了脸颊，曾经绰约的风姿荡然无存。

　　这个晚上，这位朋友喝多了，总是重复说我是真心爱她，如果她离婚和我结合，我敢肯定她绝不会是现在这个样子，她一定还很漂亮，她一定……我把他扶上车，我代他开车，把他送回家。走在空寂的街上，夜风轻轻吹拂，我想起了一个故事。一位收藏家发现了一张拿破仑使用过的桌子，很想买下它，又不愿出高价。几番讨价还价以后，收藏家极尽所能地诋毁这张桌子，说这张破桌的价值仅仅是劈了当柴烧。收藏家出去转了一圈又返回，满以为可以用最低的价买下这张桌子，结果大出所料，愤怒加无知的主人劈毁了桌子。

这个故事和我朋友的故事并无关联，却似乎有些相通之处，那位丈夫虽然保住了婚姻，但毁掉了感情，也毁掉了妻子的美貌。我相信，朋友的感情是真的，他离婚以后至今单身，但他太过用情，一头钻进牛角尖里出不来。人的一生，幸福或痛苦往往不期而至，而生活中的美丽，常常带有悲剧色彩。人生需要认真的态度，有时更需要豁达的精神。

# 珍惜生命

透过薄薄的一层玻璃，思绪不经意地跟着眼球在窗外神游，远眺那些高低错落的建筑物，感觉就像在高架路上疾驶的车内，在眼前划过的一个片断。现在，不必担心会目不暇接，也无意专注于某个物象，眼前这朦朦胧胧的一切，或许明天就会彻底消失。

这些天，他尽可能地找来各种有关眼病的资料，借助于放大镜看了又看，极其沮丧地断定：医生说手术还有希望，仅仅是出于安慰，抑或是善意的欺骗。

他拉开玻璃移门，一股灼热的气浪迎面扑来，里面和外面只是一步之遥，却完全是两个世界。外面赤日炎炎，阳光耀眼，却十分真实。此刻，一种从未有过的、无法用语言表述的体验，像电流那样贯穿通体。他向阳台走去，一步一步地走去，伸手抓住了栏杆，又立即缩回了手，这没有生命的金属竟如此滚烫。他站在栏杆前，俯下身，数十米高度下有车流，有行人，尽管他看不清，但他知道每天都如此这般。从这里下去到地面，大约只要数秒，也许撞击地面的声响都未必听到，一切便消失了，不会再有任何痛苦，不必再去面临黑暗。他再一次抓住栏杆，并且抬起腿，但是栏杆的高度超过腿能达到的高度，于是他引体向上……

他曾经无数遍地设想，没有了眼睛的生活怎样过？牵着妻子或儿子的手上街？不，儿子还太小；像过去一样抱着儿子坐在沙发上看电视？不，只能是听电视；他也想过不能无所事事，像《钢铁是怎样炼成的》里面，失明的保尔一样写作？但需要学会盲文。也许什么都不会再做，默默地在黑暗中度过余生。

此时此刻的他，忽然体验到死是一种轻松，死是一种勇敢，勇敢地解脱。每个人都珍惜生命，耄耋老者，即便重病缠身，也要愉快过好每一天。年轻的生命固然宝贵，但宝贵的含义不在活着，而在于精彩，没有眼睛的生命会精彩吗？

他再次用力引体向上，越过这道栏杆，便会瞬间坠落，生与死的距离实在很近。此时，有脚步声传来，这轻盈的脚步他最熟悉，是妻来了。

妻是大学里的同班同学，很美，也很贤惠，大二时就被剧组找去，在电影里演一个戏份颇多的配角。她只是去玩了一把，没有从艺的愿望，之后谢绝了多次邀请，现在和他在同一家公司搞软件开发。妻的美貌，他不再能用眼睛来欣赏享有，美就失去了意义。准确地说，凡是通过眼睛感受的一切，对于他都将不复存在。

眼病自始，妻在深夜里哭过，以为他已睡着，第二天早晨发现他的枕头也湿了一大片。此后，妻总是装作很愉快，笑容依然那么灿烂，无数次地对他说，一定能治愈，一定。

脚步渐近，即刻就可以看到妻，抑或永远看不到妻，只有一种选择。他曾问过妻，你会离我而去吗？妻说只要你不离开我。他相信，妻会牵着他的手，伴他走到生命的尽头。也许这会是一段漫长的路程，但更是一段痛苦的路程。

没有时间了，赶快！他试图再次用力，可是身体像被掏空似的，软绵绵的，失去了力量。他松开手，脚重新落到地面上，整个人脱虚般地晃了晃。

脚步停止了，妻就在他身后，他感觉妻那双美丽的眼睛正看着自己，羞于刚才的念头，他不敢回头。沉默了许久，他慢慢转过身，他看到妻的眼里蓄满了泪水，他看到妻向他展开了双臂。他向妻走去，走得很快，就像迷途的孩子，找到了家门，看见了正期盼的母亲。妻把他紧紧抱住，他瘫软似地倒在了妻的怀里。

**附记**：一位即将失明的朋友，向我讲述了这一切，他想死，是因为不愿拖累深爱着的妻子。其实大可不必，更是一种不负责任的态度。

# 诗人黎焕颐

贵州多山多水，山清水秀。由省城贵阳南行百多公里，有一个非常闻名的地方，就是遵义。一般人对遵义的了解，多由"遵义会议"而来，其实遵义早已闻名。晚清时代以郑子尹、莫友芝、黎庶昌为代表的遵义"沙滩文化"曾经辉煌一时，学科广涉文、史、哲、经学、考据、训诂、版本目录等等，蕴涵中原和吴楚文化之精粹，影响传播华夏。

沙滩是一村落，傍河而居，白天商船往复，夕照渔舟晚归。1930年4月7日，在以诗文驰名的爱国外交家黎庶昌的祖宅里，一个生命降生，他就是黎焕颐。父亲第一眼看见脱口就说：这孩子长得最像庶昌爷爷了。黎焕颐五岁学诗，少长便喜与屈骚李杜为缘，国学基础扎实，诸般论德为先。然而，一个深受传统文化熏陶的学子，面临时代变迁，或许某种程度上，已被注定了命运。

黎焕颐18岁，出阳关抵西宁，经由中共西北局任职的表兄介绍，进《青海日报》社，开始了他所喜爱的文字工作。后来几经辗转，落脚上海，在儿童出版社当编辑。1957年反右运动开始，黎焕颐因几首诗歌获罪，被打成右派，投进监狱。他以绝食抗争，数日滴水不进。罪加一等，判刑十年，押送西北大漠荒野。诗人悲呼：如纸韶光不值钱，刑名一剑十年阉。十年痛觉文昌梦，惨识韩非第一贤。1967年11月,黎焕颐刑满出狱,留场就业,头戴"反革命分子"帽子,境遇并无实质性改变。直到1979年春天,荒唐的年代终于结束,黎焕颐付出了整整二十二年的青春年华,已然年近半百。经倒淌河,过日月山,真正获得释放的诗人仰头长啸:收拾残书便启程,春风一路破冰凌。来时镣铐千钧重,掷向昆仑扣帝阍。

在这里有必要提一下,2006年黎焕颐在《新民晚报》发表散文《西望长安》,字里行间深切怀念那位表兄。文中提及当时表兄并不赞成他做文字工作,黎焕颐问为什么,表兄说你的性格太直,不适合。看来这位表兄很有远见。果不其然,1957年的那场运动,就把黎焕颐给揪出来了,并且投进大牢。

黎焕颐重返上海,回到少年儿童出版社,从事编辑工作。1980年初,经友人介绍,黎焕颐认识了美丽善良的范秀凤。两人一见钟情,当年喜结良缘。经历太多人生磨难,孤身飘零了大半辈子,第一次拥有属于自己的温馨的家。次年,年届五十的黎焕颐喜得女儿幽佑。几乎与此同时,他的两本诗集《迟来的爱》《春天的对话》出版问世。此后相继出版了《起飞》《午夜的风》《历史的风雪线上》《西出阳关》《男子汉的胸怀》等多部诗集。显然,长期被禁锢的诗才和诗情,犹如在地壳深处奔涌的原油,一旦喷发,必然蔚为壮观。黎焕颐的诗素以大气磅礴、热烈奔放而著称,多情但不缠绵,华丽而不失厚重,韵节中闪烁着哲理的光芒。

1987年,上海创办《文学报》,黎焕颐作为第一批调入人员,担任版面编辑,投入了大量心血和精力,直至退休。虽然离开了工作岗位,但得到了更多的创作时间。如果以此划分时间段,那么此前黎焕颐以诗歌创作为主,此后则是散文随笔居多。这些年来,黎焕颐出版了《和你面对面》《从人到猿》,包括临终前出版的《诗欢文爱》,共计十余部散文集。前年,已移居加拿大的著名台湾诗人亚弦(王庆麟)来上海,我们谈文学,谈诗,谈散文,自然就谈到了黎焕颐。亚弦说黎焕颐的散文读后叫人难忘,某种程度上超过了他的诗。我很同意亚弦的看法,诗更多的是激情,从这个层面上看黎焕颐的散文,澎湃的激情过后,是沉淀和思考,深层度的思考。

2007年8月30日凌晨3点50分,黎焕颐因心力衰竭医治无效,与世长辞,享年七十七岁,这在当下算不上长寿。由于长期遭受非人的境遇,很大程度上影响了他的健康。2000年黎焕颐做了心脏搭桥手术,凭着热爱生活的顽强毅力,数次从死神手里挣脱。行文至此,收到黎焕颐挚友、著名诗人邵燕祥传来的挽联,借来用作本文的结束语:诤言说论直声传宇内,诗文道义风范足千秋。

# 导演宋崇

宋崇，电影导演，上世纪60年代，毕业于上海电影专科学院。拍摄过许多耳熟能详的电影，如《好事多磨》《快乐的单身汉》《霹雳贝贝》《股市婚恋》等等。上海是中国电影的诞生地，涌现了不少优秀的导演和演员，而宋崇是第四代导演中杰出的一位，曾任中国儿童电影制片厂厂长、北京电影制片厂厂长。

80年代中期，宋崇由上海电影制片厂调到北京，老厂长于蓝在"王府井烤鸭店"私款宴请，为宋崇接风洗尘。酒过三巡，菜过五味，宋崇站起身朝服务员三击掌。于蓝不知何意：宋崇，你又玩什么名堂？宋崇笑着说：大姐，我特地带来了一些阳澄湖特产，请大家一起品尝。话音刚落，服务员就端上了一大盘油红油红的大闸蟹，顿时吸引了餐桌上每个人的目光。在座的都是导演和演员，个个见多识广，自然知道此物之美。时逢秋深菊黄，蟹肥膏满正当时。不知谁先拿了一只，随即个个都持蟹在手，蘸上醋、姜、佐料大快朵颐。于蓝佯作不悦：宋崇，你真捣蛋，我这桌菜可怎么办！这天宋崇还故意露了一手，不用任何工具，将吃剩下的蟹壳重新拼装起来，活脱脱就是一只原样的蟹，引来满座赞叹。从此，他爱吃蟹、善吃蟹的名声，从上海响到了北京。

我认识宋崇纯属偶然，2002年秋，著名演员文兴宇来常熟拍戏，剧组的朋友委托我接站，并将文老爷子送往常熟拍摄现场，导演恰恰就是宋崇，就这样认识了。那天我陪文兴宇午餐，吃江南河鲜，品女儿红，文老爷子也是性情中人，开怀畅饮，妙语连珠，还与我合影留念，那情那景至今犹如眼前。此后，我和宋大导演有过几次合作，因种种原因夭折了，但彼此了解，友谊日深，他是一个厚道人，我视他为师亦兄。

又到了菊黄蟹肥的时节，我打电话给宋崇，约他到巴城吃蟹。我们由沪宁高速至昆山，然后取道巴城，途中仅一个多小时。汽车开进镇里，暮色四合，霓虹闪烁，道路两边酒店食肆一家挨着一家，家家打出正宗阳澄湖大闸蟹的招牌。宋崇提议上船吃蟹，实在是个好主意，临窗面湖，秋风习习，一轮圆月倒映在粼粼水波里，饮酒品蟹，其乐无穷。宋崇是品蟹的行家，滔滔不尽地说起了蟹经：阳澄湖大闸蟹之所以好，归根结底好在阳澄湖，因为湖里无淤泥，湖底是独特的硬质黄泥，便于蟹爬行，因此蟹脚非常强壮，此为其一。其二，阳澄湖水草丰盛，是蟹的天然食物，经过良性循环，水中氧气充足，十分有利于蟹的生长，也是阳澄湖大闸蟹有别于其他蟹之所在。

饮食文化源远流长，食不厌精，脍不厌细，品蟹当然也在其中。特别是江南一带，水系密布，河汊纵横，盛产大闸蟹，此乃天赐珍馐。林语堂说得好，值得我们郑重其事的，不是宗教，也不是学问，而是吃。如此看来，宋崇喜欢吃蟹，而且吃出门道来，不足为奇。今年我又约宋崇去巴城吃蟹，可是他带学生去北方实习，要过一阵才回来。他今年71岁，仍然发挥余热，在上海戏剧学院讲课，教授导演和表演，深得学生们的尊重和爱戴。

# 何锐印象

　　我和何锐相识在贵州省文联大楼的电梯里。第一次遇上，互不相识，形同路人。遇上次数多了，彼此会看上一眼，或者微微点点头。说实在话，我一点都没想到这个干瘦的、腰有点弯的、衣着简朴、不修边幅的人，竟然是《山花》文学月刊的主编。

　　有一天早晨上班，又在电梯里碰到他，看到他衣扣没对齐，衣服下摆一高一低，领口自然也是斜的了，我忍不住说：先生，你的衣扣没对好。他低头看了看，连忙重新对齐，再抬头时脸上露出了笑。他的笑里有不好意思的成分，有示谢的成分，但我分明感觉到这张看似严肃的脸，笑起来却很善良，甚至还带着一些天真的成分。

　　我们就这样相识了，而且还成了无话不谈的好朋友。

　　何锐生于四川和县，父亲是码头工人，在长江边上扛了一辈子大包，可他却养育了一个两次考上大学的儿子。上世纪 60 年代初，何锐第一次考大学就出手不凡，考上了北京外国语学院。遗憾的是第一个学期没结束便被退学，原因是体质弱。当时遭遇三年困难时期，食不果腹，衣不御寒，体质岂能不弱！

　　第二年何锐考上了四川大学中文系，父亲把他送到码头上，搭乘一条去成都送猪的木船。那天下着绵绵细雨，父亲和他默默地站在岸边，相对无言。听到船老大喊"开船"，父亲将紧揑着的手摊开来，手心里是捏皱了的10元钱。父亲说：拿去吧，把身体养好了，别再被退学。何锐摇头不接，父亲一把抓起他的手，将钱塞进了他的手里，旋即转身便走，走得很快很急。何锐看着父亲的背影，直到那背影在视线里消失，直到船老大再次喊"开船"。

说到这里，何锐从抽屉里拿出一个硬面夹，翻开来，里面平整地放着10元钱。他没再说什么，默默地看着这张钱。不难想见，当时的10元钱，对乘坐装猪船、走进川大的何锐来说，该是多么需要和必要啊！他需要在夜灯苦读之后，买碗面条充充饥；他需要买双新鞋，换掉脚上露趾的旧鞋。他一定还有许多许多的需要，但他却省下了、保存下了这10元钱。

人是会变的。一些同样从贫寒家庭走出来的人，一旦地位变了，人也就变了。作为名刊主编，何锐只是变白了头发，依然不讲究衣着，依然不修边幅，偶尔还会有衣扣不齐的时候。他除了有近万册藏书以外，再无其他可称得上财富的东西，但他说自己很富有，因为他有一群尊重他的朋友，当然也包括我。但他有一次不拿我当朋友，很令我气了一阵。他过55岁生日那年，我寄去了1 000元钱，汇款单上附言：买些营养品补补身体。不久收到他寄来的包裹，打开一看是四瓶茅台酒，价值正好1 000元。他也写了一句话：权当喝我的生日酒。

去年何锐来上海公干，我陪同他去看望了《山花》前任主编、著名作家叶辛。两个人从见面开始就谈《山花》，一直谈到吃晚饭的时候，上了桌子还继续谈。

群山连绵的边远省份贵州，开出不同凡响的《山花》，尤其是在文学刊物大不景气的当今，确实是件不简单的事。然对何锐了解的人，并不觉得意外。

何锐告诉过我，他在思念父亲的时候，就会拿出那张保存下来的10元钱看一看。

## 走近何为先生

2003年6月,我在马鞍山驶往上海的轮船上。万里长江一路向东,波涛汹涌,似乎急不可耐地奔向大海。我站在甲板上,注目天水相连,心胸豁然开阔,此时广播里传来配音朗诵《第二次考试》,是何为的散文名篇。说来也巧,我来安徽前先到北京,在中国散文学会会长林非先生的府上,谈及《第二次考试》,我们都十分肯定作品的思想性和艺术性,以及语言的简约优美。我对何为先生仰慕已久,但一直未曾谋面,林非说有机会给我引见。

当年12月,中国散文学会、上海作协、《新民晚报》联合举办"曾元沧乡情散文研讨会",林非先生应邀出席。曾元沧祖籍福建,特别邀请福建著名作家、省作协主席郭风先生与会,但郭老因身体原因不便来,亲笔致信祝贺,并在电话里告知曾元沧,何为在上海,一定要将他请到。

会期已经临近,我陪同曾元沧一起去何为先生住处,路上曾元沧说起一件事。他在编辑出版《上海作家散文百篇》时,曾想将何为的作品收入该书,碍于何老师不是上海籍作家,无奈割爱,后来知道实际是个误会。由于事先有预约,何为先生已经等在门口。我和曾元沧均是第一次见他,难免有些拘谨。何为微笑着,镜片后面的目光慈祥和善,使我们自然起来。我不敢相信他已经八十有四,腰还直挺，握手能感觉到力度和温度。落座以后，曾元沧说明来意，何为爽快地接受邀请，并表示会在会上发言。当晚，林非先生从北京赶来，会议方设宴为他接风洗尘，作为老朋友的何为先生出席，还请了著名诗人黎焕颐先生，我也忝列其中。席间气氛亲切融洽，林非先生风趣地说，看来不需要我引见了。

  研讨会顺利召开，林非、叶辛、黎焕颐、胡展奋等作家作了精彩的发言，充分肯定具有曾元沧个性的、倾注强烈思乡之情、语言优美的乡情散文。特别是何为先生，患老年性眼疾，视力接近失明，靠放大镜，一字一句阅读上百页材料，以极其负责的态度为发言做准备。会后他对我们说，现在最大的苦恼是眼睛不好，心里有东西，无法写出来；如果能找到好眼医，让视力稍好一些，再写点东西出来，那就太感谢啦。我们完全理解何老师的心情，一位写出许多脍炙人口的作品、获得鲁迅文学奖的优秀作家，受制于眼疾，难以表达思想良知，难以倾诉真挚情怀，该是多么痛苦。此后不久，曾元沧和《新民晚报》记者朱全弟等人，联系了数家医院，找最好的医生，接送何老师就医。

  何为年轻时在上海《文汇报》当记者，思维敏捷，文风犀利，已经成名。1959年福建省筹建电影制片厂，抽调华东六省一市的人才支持，何为响应号召，到福建负责故事片编辑，随后转为专业作家，当选福建省作家协会副主席、名誉主席。其实早在1956年，何为就加入了上海作家协会，至今他还保存着会员证，《上海作家散文百篇》没有选收何为的作品，是一个误会，也是一件憾事。

  何为先生用放大镜看过我的一些拙作，直言不讳地批评指教，使我受益匪浅。不仅如此，他良好的道德修养，严谨而平淡的生活态度，给我留下深刻印象，令我崇尚。从何为先生的儿子，香港凤凰电视台著名时事评论家何亮亮的身上，可以看到何为的影子——专注于事业，严于律己。他工作很忙，但每天必定要给父亲打个电话，说几句闲话，问候一声。

何为已回到出生地上海，生活面临诸多不便，尤其因为社保关系仍在福建，就医很不方便，多次要求转来上海，由于政策的原因终不能如愿。如果有关方面从实际考虑，善待高龄老人，尊重这位产出优质精神食粮的作家，尽可能地给予一些方便，就是人性化的具体表现。

何为在《近景与远景》一书的题记上如是写：我用生命写作。显然，这是将人生的理念、生活的意义，全部融入文字构造的世界里。

作家心里一定深埋着大爱——爱人类、爱大地、爱生活。是的，何为为文学而为，为文学毕生。

## 想起老翟

北京的友人寄来了再版的《大山轻轻对你说》。这是已故北京作家翟兴泰的散文集。这本集子能够一版再版，我想不外乎两个原因：表示对作者的纪念；再就是作品本身拥有读者。

我和翟兴泰是鲁迅文学院的同学。初到鲁院的学员见面会上，这个高大壮实的北方汉子这样说：我是地佬，就是道路熟，你们初来乍到，要去哪儿我能给带个路。以后班上至少有半数的同学请他带过路，女同学去购书也找他，他总是很乐意地手提肩扛着回来。我们去香山，去慕田峪长城，都是他忙前忙后尽心地做好各种安排。他四十多岁，比他大的或比他小的都称他老翟，这个称呼超出了年龄的意义，是亲切和信任。

我们还去了他的家乡怀柔山里，用他的话说，上学以前他是山里的野孩子，他爱上文学是因为他爱山，大山养育和造就了他，他要用笔来表达他对家乡的情怀。《大山轻轻对你说》是他深切的感情奔泻，是他对人生的理性认知，是他对未来的思考和希望。

2001年夏初我北京办事，下了火车就给老翟打电话。他说他在医院，我问什么病？他回答不太好，我说马上去看他，但被他拒绝了。我不知道他在哪家医院，也没想到会很严重。不久我从湖南籍同学邓燕处得到消息，老翟患晚期肝癌，正准备做换肝脏手术。随后我们同学间的联系就多了起来，大家纷纷自愿捐款，有能力的慷慨解囊拿出万元，生活条件差的宁可缩衣节食，也要出手帮上一把，都怀着一个心愿，将老翟从死神手里夺回来。我也终于拨通了老翟的手机，他说不告诉我，是因为怕影响我到北京的心情。

手术是在天津的一家医院做的，三位同学带着全班所有同学的真切祝愿赶赴天津。这天天津下大雨，从中午一直下到夜里。邓燕下了火车就跑商店，她在雨里跑了十几个商店，不是为买礼物，而是为了换六分零钱。她捐出六千六百六十六元六角六分，这对一个工薪族来说是不易的，她还虔诚地去讨个吉利的六六大顺。

手术是成功的，老翟回到家乡怀柔山里休养了近一年。一天他忽然想把屋子粉刷一下，于是马上买来涂料动手干了起来。妻子下班回家，看见倒在地上的老翟，立即呼救送往医院，但是他再没醒来。其实在换肝脏之前癌细胞已经转移，死因是脑癌并发症。

老翟的妻子告诉我们，此前没有任何预兆，除非老翟自己知道，因为他是个总要弄点事来让人有个想头的人。也许老翟并没有这层意思，他只是想给妻子和女儿留下一个干净整洁的家吧。

《北京政协报》发表了老翟在病中写的散文，真实记录了他与病魔搏斗的痛苦，和对生活的热爱，读来感人至深。他真情感谢帮助他的亲人，他深深感怀在文学旗帜下的同学情，他要像拥抱生命那样拥抱他深爱着的人们。

如果论知名度，老翟还排不上号，但是作品的内涵质量，并不取决于作者的名气大小，如同道德和精神的高尚，并不取决于地位的贵贱。老翟文如其人，表里如一，虽不曾名噪一时，却令人不能忘却。

夜深人静，再好好读一遍《大山轻轻对你说》。

## 三会康教授

1997年秋天的一个夜晚，在香港清水湾一家茶楼里，我与几个知交文友坐在露台上喝茶话别。临近中秋的月已经很圆很亮，叫人不由地生出一种淡淡的离情别绪。

香港作协的巴兄匆匆赶来，他不仅带来了酒，还带来了一个高大英俊的年轻人。巴兄善饮和他的机敏睿智一样出名，他斟上酒举起杯说：人是活神仙，今天在东明天在西，我从来不喝告别酒，现在干杯是为了早日再见。巴兄一口喝尽了杯里的酒，然后才介绍身边的年轻人：这位是康冀川先生，香港大学的博士生，也是从大陆来的。康冀川微笑着向座上的每个人点头致意，目光坦直友善，给人谦恭的感觉。落座以后谈起，知道他是从事生态及生物学研究的，此前曾到英国和新西兰留学，在分子生物学、真菌学及植物保护方面颇有建树，发表了多篇学术价值较高的论文。最近接到南非斯坦陵布什大学的邀请，不久便要以植物病理系博士后研究员的身份远赴南非。座上都是做文章的，对自然科学不甚了了，但都为我国有这样一位科学家而高兴。我随便问了一句：你名字里的冀和川，各是河北和四川的别称，有什么意思吗？康冀川告诉我，他生在贵阳，父亲是河北人，母亲是四川人，所以就用父母的籍贯作名。

那是与康冀川的第一次偶然相会，此后再没见过。2000年我再到香港，向巴兄问及康冀川，巴兄说他还在南非，听说跑到原始丛林里去了，好久没联系上。

2003年春天，贵州遵义市组织一次民间文化采风活动，邀请一些作家、记者，我和巴兄也忝列其中。活动结束返回贵阳，预定的航班是晚上，有一下午时间可以自由安排。巴兄用神秘的口气对我说，带你去见一个人。我问是谁？他说去了就知道。我们乘出租车往花溪方向去，只十多分钟，汽车拐进了贵州大学。车刚停下，一个身材高大的人快步跑来，我定睛一看脱口叫道：康冀川！

有高原明珠之称的花溪，就是一座天然花园，坐落在花溪的贵大校园，满目苍翠，郁郁葱葱。康冀川早有准备，直接将我们引到了一家临湖的酒楼，用茅台酒招待善饮的巴兄。窗敞开着，花溪湖的流水声清晰可闻，随风送来阵阵花香，手持满杯茅台，未饮就有了飘飘醉意。巴兄卖关子故弄玄虚，倒也平添了几许意外和喜悦。此时他诗情生发朗声吟道：无花不作酒，有约方登楼，花溪处处花，无约人自来。

我与康教授一别六年，也算故人相会，酒香伴长谈。那一个下午，我对康教授的认识，由平面向立体深入。他舍弃国外的优厚待遇，回到经济相对落后的贵州，无疑是人生中的一次重大抉择。有些科学家落叶归根，那是垂垂老矣，可他刚届不惑，有唾手可得的名利，有无可限量的前程。诚然，如果没有一种思想和精神的支撑，是难以做到的。

康教授告诉我们，2001年8月，他应贵阳市政府的邀请，专程回来考察贵阳以及周边地区的制药企业和中药生产基地。他看到了山区得天独厚的中药材资源，但也看到了由于经济滞后，科技发展缓慢的现状。考察期间，他常常夜不能寐，孤灯长思。陪同考察的贵州大学领导惜才心切，郑重地向他提出留在贵州大学执教的邀请，贵阳市和贵州省的有关领导也热情挽留。他思想过，犹豫过，彷徨过,他坦言,做出这个决定很难。

康教授讲了一件事,他在国外十多年,无论走到那儿,都要嘱咐在贵阳的弟弟给他寄《贵州日报》。"男儿国是家,仗剑走天下",游子在外,心系家乡,我想这应该就是康教授决定回来的根本所在。

不知不觉暮色将临,我们到了不得不起身告辞的时候,康教授执意送我们去机场。他开的一辆车,是农村常见的那种既能载客又能拉货的皮卡,似乎与他博士生导师、省农业生物重点实验室专职副主任的身份极不相称,但他操纵方向盘的神态却自信而自如。他说他经常开着这辆车下乡上山,一些仪器可以随车带着,工作起来方便许多。说这些时,他脸上流露出笑容,可以看出他内心的愉悦。将学有所成贡献给自己的国家,报效生他养他的家乡,在他就是最大的愉悦,也正因为此,他可以不计较一切。

近两年来,我经常和康教授保持电话、书信联系,我也常在网上留意他的情况。了解到他目前主持国家自然科学基金一项、主持贵州省优秀科技人才省长专项基金项目一项、主持贵阳市科技局重大项目一项,并且作为主要研究成员参加国家自然科学项目两项、科技部国际合作项目一项。我还从国外一家权威性学术期刊上看到一篇介绍康冀川教授的文章,他已发表论文25篇,其中重要成果被2001年版国际"真菌词辞"录用……还有许多学术成果,不一一列举。我为结识康教授这样的朋友而引以为荣,我为贵州得获这样的人才而感到庆幸。

我与康冀川教授第三次相会,是今年元月,康教授因事来上海,事先通了电话,我去机场接他。我也做了准备,直接将他带到著名的"豫园"老饭店,这里虽然没有贵州花溪的自然风光,然百年老店也自有一番情趣。另外,我还请了一些文友作陪,以表示对康教授的欢迎。可惜这次我们没有开怀畅饮,没有促膝长谈,因为康教授下午有约,而且他当晚就要返回贵阳。我很有些失望,本想留康教授多住几天，陪同他去几个具有江南特色的古镇旅游一番，也能有时间和他多谈谈。可是贵州省政协会议召开在即，作为省政协委员，康教授有几项有关科技发展的重要提案要呈交，要留也留不住啊！

晚上我送康教授去机场，汽车在灯火璀璨的外滩沿江大道上行驶，康教授久久地注视着窗外，陷于沉思之中，一直到驶上高架路，他才感慨地说：上海发展真快，除了自身条件以外，关键是注重科技，以科技兴市为指导思想，充分发挥科技是第一生产力的作用。贵州虽然落后，不能和上海同比，但是贵州有自然资源丰富的优势，在合理开发的同时，更应该在提升质量和增值上想办法。

握别之际，康教授邀我再到贵州看看，他说这两年贵州的变化也很大，发展的步子加快了，城市面貌变新了，旅游景点变美了。看着康教授来去匆匆的身影消失在过道尽头，我忽然想起巴兄说过的话：我从来不喝告别酒，现在干杯是为了早日再见。是的，我期盼着再次和康教授相会。

# 扇趣

去年夏天，我和同事苏华去黔南参加一个活动，临行前打点行装，将一把折扇放进了拉杆箱内。妻子说现在到处都有空调、有电扇，你带扇子干什么？我知道妻子的意思，这把乌木折扇颇有"身价"，是从杭州"王星记"购得，仅扇骨就价值数千元。而且，扇面是著名画家唐天源的墨宝，一幅美不胜收的山水画。妻子担心，万一遗失岂不痛惜？

用于纳凉的扇子，已经退出日常生活，但是作为一种文化，扇子仍然存在。我喜爱折扇，收藏了数把，闲时拿出观赏。一幅中国画，或一首唐诗墨迹，赏心悦目之余，感染悠久的传统文化。我尤其珍爱这把乌木扇，曾和贵阳的朋友老何"神侃"过。老何得知我要去，专门打来电话，嘱我带上这把折扇，让他一睹为快。

飞抵贵阳，老何来接机，数文友设宴款待。应老何的要求，我当席拿出扇子展示，满座无不称道。这把折扇十分精致，两面合页雕龙绘凤，特别是唐天源画的扇面，远处山岚隐约，近处林青水绿，正如题款所言：家住深山云起处，门前翠影依绿水。一派自然景物错落有致，给人带来视觉享受的同时，又可以充分领略画家的个人风格。老何反复观赏，很是爱不释手的样子，踌躇了一阵终于坦言，要拿三把折扇换我这一把。他是有备而来，随即从提包里拿出三把扇子，其中一把是黄振中的扇面。我也喜爱黄振中的作品，但在不能兼得的情况下，实在难以割爱。可是老何不甘心，又拿出第四把扇子，扇面却是空白的。他说我与唐天源有交，要我无论如何请唐大师画幅扇面，了却他的渴求。我和老何相识多年，拒其一难拒其二，只能应承下来。

在黔南的活动结束以后，第一次来贵州的苏华留恋山水风光，文联的同志很热情，伴同游览了几处景点，当晚将我们安顿在郊外的一个度假村。第二天早晨醒来，苏华已没了踪影，一想便知他的去处。我和苏华是钓友，节假日时常结伴外出钓鱼，这会儿他一定是去过钓瘾了。我带上渔竿跑到河边，他果然在，而且篓筐里已有收获。我马上抽出竿挂上饵，开钓起来，可是不长时间苏华连续三次起钓，我的浮子纹丝不动，到吃早餐的时候，苏华已经钓起了五条，我却空手而归。他很是得意，我很不服气，商定早餐后赛一场，限时两小时，不论大小以条数分胜负，并请文联的一位同志当裁判。

裁判掐表发令开始，我和苏华同时将钩抛入水中，一会浮子上下抽动，我毫不犹豫当即起钩，顿时一条斤把的鲫鱼露出水面。真是时来运转，我很快又钓起了一条，再一条，而苏华那边却毫无动静。太阳升高了，天气有些热，我拿出折扇架起腿，悠悠扇风，还偷偷看了苏华一眼，只见他的脸拉得老长。可是好景不长，苏华开始起钩了，而且连连得手，脸上笑容再现。我抬腕看表，还剩半小时，随即换上新饵，全神贯注地盯着浮标。比赛结束，裁判清点条数宣布胜负，我喜不自禁，欢呼起来，完全沉浸在胜利的欢乐中。

中午全鱼宴，自然是"战利品"，这回轮到我趾高气扬了。败者不言勇，苏华始终沉默着。此时手机响了，一看是妻子发来的短信：扇子还在吗？我这才想起扇子，马上摸摸身上，看看周围，立即惊出一头汗。我拔腿往房间跑，床上枕下，抽屉内，提箱里，该找的地方都找了，就是不见扇子。忽地想起钓鱼时用过扇子，赶紧又往河边跑，找了几遍，每丛草棵都摸过，就是不见扇子踪影。我左思右想，怀疑掉进河里，看看四周没人，仗着自己会游泳，脱了外衣跳进水里，张开手四处摸，还是没找到。

我垂头丧气地回到房间，坐在椅子上发呆。苏华说，看你失魂落魄的，怎么啦？我没有吭声，赢了钓鱼丢了扇子，实在不值，却又不好意思说出口。苏华端了杯茶来，拍拍我的肩说，老兄，别急，牛奶会有的，面包也会有的。我听出他似乎话外有音，马上抬头定睛看着他。苏华笑了，先是微笑，然后哈哈大笑，笑停了才说，真是乐极生悲啊，多钓了两条鱼，把这么好的扇子丢了。你想想，这把扇子能换多少鱼？我无暇顾及他的揶揄挖苦，但已从他的话里捕捉到信息：扇子与他有关。我要去翻他的箱包，苏华摆摆手说，老兄，不要找了，扇子在我这儿。他从后腰抽出扇子，我立即伸手去拿。他退后几步说，我怕你丢了扇子急出病来，替你妥善保管，你总得有点表示吧？扇子失而复得，我兴奋不已，除了连连道谢，并承诺晚上请客。苏华意不在此，他提出条件，也要我请唐天源给他画一幅扇面。我虽然感到为难，可是无法拒绝，只能硬着头皮答应下来。

回到上海我就去了唐天源家，如实讲了老何欲换扇，以及扇子失而复得的整个过程。唐天源听了大笑，连声说扇趣扇趣，一高兴便爽快地答应画两幅扇面。

## 凯里茶楼侃上海

前不久出差去贵州省凯里市，邂逅一位彭姓女士，外表看不出她的实际年龄，但她得体的言行举止，使我产生好感。她远从日本东京来，专为看望父母，每年都来一次，时间几乎都选择在春天。

在一间茶室的楼上，我们倚窗而坐，枝杆与窗台一般高的行道树已经长出新叶，在阳光下呈现近似于透明的碧绿。彭女士用娴熟的手势斟上功夫茶，顿时一股扑鼻的清香弥漫开来。话题从上海说起。彭女士打算在上海买一套房，将年迈的父母接到上海，这样她从日本来就方便多了，省却了转机飞贵阳，然后再乘火车到凯里的劳顿。彭女士说这只是一个因素，主要的原因是，上海更适合居住。

我是一个被称为"本地人"的上海人，"本地人"的意思就是土生土长。其实上海"本地人"泛指郊县的农民，如果要追根寻源的话，真正的上海人并不多。我所知道的是，我曾祖父那一辈，从长江北面的一个贫困村庄走出来，乘着木船漂流到黄浦江头。彭女士要我谈谈上海，她说她从小就知道，北京的秋天最好，上海的春天最美。她告诉我，早在贵阳读大学时，只为想听一场上海之春音乐会，竟然旷课几天跑到上海去。

上海是一座有魅力的城市，诸多因素形成上海的独特性，她是冒险家的乐园，她是创业者的发迹地，她是东方的巴黎，她是中国现代文明的窗口……她的纷繁复杂，她的多姿多彩，恰恰正是她的魅力所在。大学时代的彭女士不惜旷课跑来听一场音乐会，吸引她的，是上海那种无法模仿的、很特别的海派文化气息。

很难给海派文化下一个准确的定义，如同京派文化一样，似乎看不到，摸不着，但确实氤氲在一条条逼仄的弄堂里，嘈杂的四合院内。是否可以这样看：海派文化是中西文化的交融汇合，从而带动和开创了中国现代文化的复兴。30年代的上海，是中国的报业中心，中国话剧和电影在这里诞生。当时的上海几乎汇聚了所有的骄子人才，如鲁迅、巴金、郭沫若、徐志摩、张爱玲、田汉、黄佐临、刘海粟、徐悲鸿、聂耳、阮玲玉、胡蝶、金焰等等，这些大师们创造了上海的文化。现在的上海，尤其是改革开放以后，以及浦东开发，上海经济高速发展。上海有全国一流的文化设施，上海有以中国作家协会主席巴金为首的作家群体，上海有历史悠久的电影制片厂，上海有实力雄厚的出版中心，上海有规模宏大的报业集团……更可引为骄傲的，上海是举办各种国际性文化活动最多的地方，如上海国际艺术节，上海国际电影节，上海国际电视节，上海国际旅游节，上海国际服装节等等，举不胜举。上海可以请到世界最优秀的演出团体和巨星。

上海是光彩夺目的，上海是生机盎然的，上海是令人向往的。然而，从文化层面作一些思考，我们不能回避和拒绝现状，当下上海的文化产品质量不高，少有精品力作问世，好书、好歌、好戏、好影片都非出自上海。诞生好的文化艺术产品，需要自由宽松的环境，条条框框禁锢多了，只会让人窒息，怎么可能飞跃？与其冒险创作好东西，不如让歌声、笑声多一些，让芭蕾比赛、时装模特比赛、选美比赛更眼花缭乱一些。

在文化方面采取放弃进取的姿态，就是主动放弃了作为当代中国文化中心的地位，这对上海是一件非常遗憾的事情。当然，这些都是我们不愿看到的，上海所有的文化人，都在作着反省式的思考。要使上海真正成为世界著名的文化都市，就要拥有自己的文化大师，具有世界地位的文化产品，首要前提就是，思想再开放一些，制约因素再少一些，越少越好。相信这不是奢望。

　　边喝茶边聊，不知不觉已经到了傍晚，彭女士热情地邀我共进晚餐。席间她向我透露了一些个人的情况，她曾经是一个电影演员，而且还当红了一阵。我仔细看她，眼前出现了银幕上她那动人的容貌，然岁月留痕，彭女士戴着的宽边眼镜掩饰了眼角的细纹。她已息影多年，嫁给一个日本人，自己也入了日本籍。她说现在除了承担相夫教子的责任，最大的愿望是陪伴父母安度晚年。她经过比较以后选择上海，她说从城市设施上看，上海基本接近于发达国家，物价优势相对显现，适合于中产阶层居住。还有一个她认为重要的原因，上海是一个比较规矩的地方，她强调规矩很重要。我说你到上海居住，那你先生怎么办？彭女士不以为然地一笑：他当然随我，再说东京到上海只需两个小时，他每周都可以来。

　　话别之际，彭女士委托我给她的儿子在上海找一所学校，她要让儿子从小就学习中国文化。我连连点头应允，我一定会去找一所最好的学校，我欢迎她和她的家人早日来到上海。

# 大美无形
## ——唐天源绘画艺术赏析

  想象中的巴颜喀拉山冰川雪封，漫天飞沙，一片荒芜。然而，伫立在唐天源的西部山水画前，这种想象被彻底颠覆。晴空朗日下的巴颜喀拉山很美，阳光透过蓝天白云，映照在圣洁的雪山上，千峰万壑，连绵不绝，一片苍莽之美突入眼帘；一群牦牛步履匆匆，由远而近，令人不由自主地感悟生命起源，感恩母亲河。

  画家需要具有发现美的眼睛和表现美的才华，有时甚至需要具备献身精神。唐天源几度入藏，两次穿越可可西里，徒步唐古拉山，探险生命禁区黄河源和长江源。其间发生意外，经星宿海时不慎迷路，越野车陷进薄冰覆盖的大坑里，折腾了两个多小时，人疲车喘，还是原地不动。高原气候昼夜反差很大，入夜便骤降至零下十几度，旷野茫茫，饥寒交迫，同行的人都意识到危险正在迫近。军人出身的唐天源表现出良好素质，临危不惊，先稳定大家情绪，然后提出自救办法，并进行了分工。他们用随车千斤顶支起车轮，年轻的挖泥垫石，年长的搬运石块，四个轮子依次进行，接着在汽车前面挖了一条坡道。忙了大半夜，劳动抵御夜寒，当天色渐亮之时，汽车一声轰鸣沿坡道冲出大坑。随后，在放马的藏胞指引下，驶上正确途径，到达黄河源那天，恰好是母亲节，唐天源浓墨书写了五个大字：我爱母亲河。

  然而，探险不是为了寻找刺激，作为一个有追求的艺术家，唐天源一直在思考改变中国山水画色彩单调的问题。这个问题同样长期困扰着其他画家。青藏高原自然色彩反差明显，启发了唐天源的创新灵感。他借鉴油画的设色法，采用现代绘画颜料，在保留水墨晕染、线条穿插等传统技法的基础上，突出西部山水色彩对比分明的特点，经过反复实践，终于取得重大突破。他的《格拉丹东雪山》《可可西里》《玛旁雍错圣湖》等描绘西部自然景色的绘画作品，天蓝得透明，云白得圣洁，水绿得碧湛，山黑得深沉，视觉冲击极其强烈，开启了重彩中国山水画之先河。

艺术需要天分，更需要勤奋。唐天源数十年里绝少有不画画的时候。当兵在军营，白天训练晚上画；转业到地方，一天不拿画笔就睡不着觉。扎实的线描功力靠长期临摹和大量写生练就。他师法自然，遍游名山大川，实践行万里路画万卷画。他经常说要想把画画好，功夫在画外，那就是知识与学养的支撑。因此，他尽可能地拓宽知识层面，历史、画史、佛教、音乐、诗歌无所不涉，且力求融会贯通。对西洋画及其理论也有较高造诣，尤其对西洋绘画光和色的运用，有特殊的感觉和处理方法。

唐天源曾应邀作客新浪演播室，谈中国画传承与发展的关系。他说中国画以线造形，而线基础于书法，线的应用来自书法根底，因此中国画"书"的属性，决定了传承的不可或缺性，而民族艺术走向现代化和世界化的必然趋势，则取决于在传承中创新发展。创新是时代对艺术的要求，也是艺术发展的必然，这是一个永远的话题，需要不断地深入实践，不断地解决一个又一个问题。

上世纪90年代中期，唐天源已崭露头角，屡屡在各种画展上获奖，作品收入《中国美术家全集》《中国当代名家书画宝鉴》《中国当代著名书画家珍品选》等多部典籍，获文化部五级艺术等级证书，被誉为画坛奇才。其艺术成就先后在中央电视台、上海电视台、四川电视台、湖南卫视、海南卫视及全国多家报纸杂志等大众媒体作为新闻和专题片广为播放，刊载。唐天源的作品在拍卖会上表现亦特出，2007年北京翰海拍卖公司春拍，他的作品在成交价前十名中独占两席，分别名列第二和第五。近年来同样保持"绩优股"态势，《十二因缘图》从十八万元起拍，以五十二万元成交；《普天同庆》起拍二十万元，几轮竞价后定格在六十五万元；表现最为突出的是少女图《荷风》，因尺幅小，起价仅两万元，反复数轮竞争，其间在一个价位上多人同时举牌，最终以十八万元落槌。

  从青藏高原回来，稍事休息，唐天源又背上行囊，踏上了贵州之旅。2003年他初访贵州，在遵义茅台酒厂留下墨迹，用画笔赞美甘泉琼浆，讴歌国之瑰宝。数年后故地重游，直奔黔西南，隐居在一个僻静的小山村。到贵州是计划中的，是因为美好的记忆，是一种向往——贵州的山有灵气，水有秀韵，贵州的人更淳朴，这一切已经深深地镌刻在画家的脑海里。一天晨起，唐天源在田间陌头漫步，远远看见一群"背篓"穿行在山林中，这是生长在大山里的乡民，背着自家的土特产，兴高采烈、翻山越岭去赶集。画家忽生灵感，马上折头返回，潜心作画。几天后，一幅长达9米的水墨山水长卷《黔山行旅图》诞生了。艺术反映生活，艺术家的丰富想象力，给予生活以理想色彩。《黔山行旅图》从一条幽静的河边开笔，乡民们背着篓筐上船，小船顺流而下，河面上荡起一阵欢歌笑语。船到对岸，乡民们相继下船，沿着山路前行，时而穿梭在丛林中，时而隐身于山背后，随着他们的脚步，山川峻秀，河流清渠，茂林修竹，繁花锦簇，一派自然风光尽在画中展现，美不胜收。

  在黔西南创作的工笔人物画《荷风细细》和《十美图》，前者是现代少女，于闺房中对镜梳妆，容貌俊秀，内衣紧身，胸乳隐约，展示时尚靓女形象。而飘拂的纱帘，古色古香的床具，以及少女托腮凝思状，弥漫着"闺中少妇不识愁"的诗化意境。小山村的宁静使画家显得从容淡定，勾勒面部轮廓和刻画少女五官的线条细如游丝，温柔流畅，运用自如，充分凸显画家扎实的书法功底。《十美图》画面恢宏，视觉冲击强烈，10个形神各异的古装仕女，有抚琴的，有怀抱琵琶的，有吹笛的，也有扶颊浅唱的，具有鲜活的生命力。就题材而言，《十美图》摆脱了某种定义的局限，赋旧故以新意，化呆板为活泼。就艺术而论，画家将不同质地的线巧妙合理地统领起来，既营造了线条自身的风格韵致，又能动地传达物象内在的气质，并寄托了自己的主观情思。

唐天源既画人物，也画山水花鸟，尤擅白绘道释画，且多为巨幅，国内外不少著名寺庙有收藏。宗教绘画历来是中国绘画的重要组成部分，时间可上溯到数千年之前，尤以吴道子和陆叹谓最为著名，但两位先人的作品存世甚少。我们知道，客观世界只有体积没有线，然而在中国绘画中，"线"不仅存在，并且作为绘画的特定符号而确立。"线"在客观物象体与面的交接、转折和透视中被发现，经过理性思考、概括、提炼，并在漫长岁月里陶冶、衍化，从而造就了线和中国画家的"线意识"。如果讲中国画与西洋画的不同之处，恰恰从线上区分，西洋画只有为体积服务的线，而中国画是线的艺术。唐代画家张彦称"无线者非画也"。当代大师陈佩秋说："在中国画方面，艺术性的好坏就是要讲笔墨线条和造型。"显然，没有将线的质地、线的组织、线的安置构成、线的调性变异、线的内在品质解析通透，达到控纵自如的程度，是进不了中国画艺术的高雅之堂的。

白绘道释画的显著特征就是线，被称为线描或白描，十分考量画家对线的把控和表现能力。唐天源曾在徐州汉墓临摹，每天一早便去，中午吃自带的干粮，直到闭馆时方归，时间达半年之久，对"线"的感悟和运用渐臻成熟，笔力刚健凝重，线条准确达意，千笔万笔浑然一体，起承转合，自然流畅，一气呵成。他的《八仙过海》，构图布局独特，人物造型别致，八仙夸张的神态妙趣横生，衣着饰物和配件之丰富、想象空间之高远，给人耳目一新的感受，突破了宗教题材绘画的传统表现模式。《一百罗汉图》中的一百个罗汉与真人一般大小，形体比例精准，形神各异，栩栩如生。成都工笔画院院长郭汝愚先生对此很有感触："余多次观唐天源作画，不打草稿，不借参照，数十人物，道具配景，八尺长卷洋洋大观，提笔挥就，令人折服。"

天人合一是中华传统文化的主体思想，反映人与自然的关系。唐天源的《普天同庆》《二十八星宿大吉图》等宗教题材的作品，诠释了这一哲学思想，崇尚道德，与人为善，阐述善与美的永恒。赏析唐天源的线描绘画艺术，不难发现他既注重传统文化，且又较好地处理了传承与创新的辩证关系。钱君匋先生的一番话更能说明：唐天源在人物画创作方面的突破，尤为引人注目，其作品一反标榜孤高冷逸的旧情趣，又不同于当今画坛的一些"流行画种"，而是旨在表现一种热烈奔放、蓬勃向上的情感，着重体现时代新的审美需求。大胆突破前人的框架，充分表达心中的物象，发挥自己笔墨线条的优势，准确灵活地运用于绘画创作，以老辣的笔墨、破格的色彩和独特的造型，组成了一幅幅线、墨、色高度统一的佳作，从而备受海内外人士青睐。这是很不容易做到的。

去年也是这个时候，春节将至，日本画家田间中臣专程来拜访唐天源，我去机场接机。上海难得下雪，那天竟然飘起了雪花。田间中臣了解中国习俗，说这次赶在大年初一之前到达，是来给唐老师拜年的。田间中臣已七十多岁，满头白发，唐天源正值壮年，但他开口必称唐老师，态度非常恭敬。唐天源说不敢当，几番请他改口，田间中臣恳切地说，我虽然比你年长，但在绘画上你是当之无愧的老师，我是虚心求教的学生。随后两人促膝长谈，田间中臣介绍了日本画坛的近况，坦言一些有成就的画家多是汲取了中国绘画艺术的精华，由模仿开始，逐步成长起来，从这个意义上说，中国绘画是日本绘画的老师。唐天源认为日本绘画在学习中国传统技法的基础上，不受束缚，穷原竟委，有革有扬有弃，取得了不少成就，某些方面甚至走到了前面。他同时指出，日本也有人试图抛开笔墨线条这一根本，搞所谓的变形，实质是投机取巧，违背了艺术应该遵行的逻辑规律。田间中臣表示认同，他说日本画界是有这样一些人、这样一些流派，但很孤立，不受欢迎。两位不同年龄、不同国度的画家，见解如此相近，体现了他们对艺术的执着态度和精神。

　　田间中臣非常欣赏唐天源以宗教题材创作的工笔人物画，意欲重金购买，唐天源当即伏案挥毫，绘就一幅《欢天喜地》赠送给他。画中四个罗汉拜年祝寿，手捧仙桃和灵芝，喜气洋洋，呈现一派节日吉祥喜庆的气氛。田间中臣擅长山水画，且精于布局，画了一幅《北海道春色》回赠。此画以蔚蓝的海水为背景，突出海岸起伏的褐色礁岩，远处一行大雁寓意春来。经过艺术概括的山水画，更为集中和理想，且技法多是中国传统笔墨功夫，可见他对中国绘画研究颇深。田间中臣在上海过年，初五动身回国，我和唐天源一起送到机场，正是傍晚时分，满天夕照。老人为惜别动情，久久握住唐天源的手不放，他说这次来中国受益良多，终生铭记，希望中日画家多多交流，增进友谊，并盛情邀请唐天源访问日本，到他家做客。

　　此后不几天，唐天源接到任务，有关部门启动文化进西藏工程，组织一批杰出的艺术家去高原，唐天源是其中之一，并被自治区党委组织部任命为西藏美术家协会副主席。去年一年，他大多时间在西藏，深入各地区，经常和牧民在一起，辽阔的草原到处留下了他的足迹。他在发给友人的一则微信中说：我常常被大自然的力量震撼，常常情不自禁地和大自然融为一体，在无际的天穹和广袤的大地上，我的情感渐渐升华，产生了难以倾诉的爱。是啊，正是源于这种大爱，他的画笔凝聚大美，山，犹似阳刚汉子岿然屹立；水，仿佛流淌着母爱的恩泽。

# 波普的中国化
## ——薛松的拼贴艺术

    这个世界总是那么的光怪陆离，丰富多彩。走进上海美术馆展览大厅，流连于薛松的作品之间，充满好奇和赞叹。这里呈现的每一幅画，既非国画亦非油画，或可称之为新概念画——以灼烧的方式，将现成的纸质印刷品变成一块块不规则形状的碎片，在特定的构图环境里，这些碎片被精心选择，细致分类，拼贴重组，最终形成一幅意境深远的新图像。

    薛松是一位奇特的艺术家，这种奇特的创作形式，目前国内仅他一人。上世纪80年代中后期，美术界兴起艺术创新之风，许多青年才俊跃跃欲试，薛松便是其中之一。当时他就读于上海戏剧学院舞台美术系，很早就展现了绘画才华，且一直在寻找属于自己的艺术表现语言。其时，美国波普艺术大师劳申伯格来北京开个展，像是"冬天里的一把火"，在渴望艺术变革者的心里熊熊燃烧。薛松专程进京观展，第一次接触包括拼贴手法在内的综合材料艺术，深受启发和喜爱，但同时意识到此并非真正属于自己的艺术。直到1990年，一场突发的宿舍火灾，烧毁了薛松的所有物品、作品。火灾固然令人沮丧，面对现场残痕他突发奇想，找来一些烧剩的画册、书本和画作碎片，还有烤焦的床单被面，试着拼贴起来。这种最初的试验，虽归属于偶然，却为他打开了通向"罗马"的道路。经过长期实践，不断深化和丰富拼贴手法，艺术质量节节攀升，由此确立属于自己的表现语言。

拼贴与绘画本身已无多少关系，但拼贴出来的作品却具有画的效果，如果要寻找绘画元素，似乎满目皆是，但又仿佛有无之间。用薛松的话说，做作品首先确定目标，如同射击箭靶，收集与"靶心"有直接关系或有内在关联的文字或图像印刷品进行处理，拼贴过程中并不下意识地在乎绘画元素，而是享受那些被焚烧过的碎片重新组合，达到强烈刺激眼球的程度。

拼贴艺术最初由毕加索等人开始尝试，以后演变成为波普艺术的主要手段之一。而利用有意识的"烧"以及烧的结果，来隐喻"否定"和"批判"的思想内涵，并使其抹上一层历史感、神秘感，立体感，已经不同于一般的波普，惟属于薛松的艺术。从这个意义上说，薛松不是简单的模仿，而是着力展现东方文化，同时吸收西方先进艺术，兼容并蓄，而且全部使用中国材料，在主题意境的深化方面有所超越。

观读薛松的作品，不应仅仅限于构图，而应关注碎片中的细节，其蕴含的内容，于整体效果具有不可替代的特征。尤其不可忽略的是，薛松的作品"容积率"极高——历史性思考、文化的包容性、批判的隐喻色彩，这些严肃的命题，竟然在赏心悦目、充满时尚元素的画面上体现。应该说，薛松是一位善于思考的艺术家，他敏锐地察觉到中国社会改革背后所凸显的文化和道德变异，试图在作品中揭示人们的精神困惑和矛盾心理。

立足上海这座代表现代和象征未来的城市，感染这座城市的气息，薛松的作品自觉或不自觉地延续了海纳百川、雅俗共赏的海派文化特质。因此人们往往产生错觉，明明伫立在他的图像前，却仿佛走进时间隧道——或漫步在某条马路上，或站在某个石库门弄堂口，过往的风云际会一幕幕再现。薛松视野开阔，作品题材广泛，但凡当下能够引起人们关注的对象或话题，都可以成为他表现的主题。他特别擅长浓缩时间和空间，让历史和现实交错，形成多义的解读层面和意义指向。

《渴望》是海、太阳和手三个物象及多种色块组成，伸出蓝色海平面的手一黑一白高高举起，渴望触摸悬在上空的太阳，而画中的太阳里面布满密密麻麻的文字，令人不由自主地生出无限遐想。《飞越》的背景是无数张老照片，画面下方高楼林立，中间部分是一群时尚男女手舞足蹈如飘如飞，穿行于历史与现实之中。《合作》是一幅隐喻性极强的作品，一个阿拉伯数字8凸显在画面上，联结两个圆圈的是一双紧握的手，环绕8的则是人民币、美元、英镑等各式各样的钞票。可是若将8横倒来看，却是一副让人失去自由的手铐。漫画大师张乐平笔下的三毛，也成为薛松的创作对象，尽管岁月流转，时代变迁，那些脍炙人口的老故事，变成了极富现代意义的新文本。欣赏薛松的作品，除了感受强烈的视觉冲击，其内涵极其饱满，外延非常广阔，这一切需要通过思考来感悟。

薛松自1992年在英国驻中国大使馆举办第一次个人作品展以来，先后在美、德、英等国和国内多次办个展，其间还参与了数十次国际联展，受到广泛好评，被誉为波普艺术中国化的杰出代表。他的作品先被国外藏家青睐，价格不菲，达几万甚至几十万美元一幅，近年国内藏家竞相以得之为荣。在众多世俗的、完全商品化了的波普艺术泛滥之时，薛松坚持自己艺术的严肃性，保持稳定的个人风格和明显的艺术倾向，实属不易和可贵。

当然，薛松完全可以享受充裕的物质生活，应有尽有。可是他还像那个上戏的学生，依然手不释卷，依然苦思冥想，依然创作不辍。他坦然地说，我做作品是为生活，但不为享受，现在不，以后也不。艺术无止境，从事艺术的人要有危机感，今天的路可以走通，并不意味着明天可以走通，必须毫不懈怠地开拓进取。做好今天的事，才会有希望的明天。

# 书有义画有情

2000年春上,我在著名诗人黎焕颐府上与马天云相识。黎老是贵州人,天云当时在宁波工作,出差来上海,顺便看望尊长乡党。第一眼感觉他像教师,戴副厚片眼镜,说起话来慢条斯理。那天黎老留餐,交谈得知他与我同岁,也有过下乡知青的共同经历,话便投机了。此后不久我因事去宁波,他热情款待,促膝长谈,彼此引为朋友。大约过了一年多,他来电话说已调上海工作,我既惊且喜,同在一个城市,见面的机会就多了。我和他虽然从事不同的职业,但友情随着时间增长。

有一天我从浦东晚归,站在轮渡的甲板上看满天繁星,忽然想起天云的宿舍就在附近,于是拨通了电话,他连声说欢迎。走在霓虹闪烁的街道上,我在想天云别妻离子独居上海,如何打发孤寂的长夜?他站在敞开的房门口等我,一股淡淡的墨香在空气中飘浮,不大的房间里一张桌子和一张床,几乎占据了所有空间,桌上摆着笔墨,床上摊开一幅墨迹未干的字。我走近一看,顿时被一种金石味浓烈的沉静力量所感染,这才恍然,天云原来是书法家,而且书法造诣已臻相当境界。他的字笔力坚挺,纵横自如,形似朴拙然秀气内含,传达出特有的修养和独立的品格追求。字是一首诗:垂绥饮清露,流响出疏桐。居高声自远,非是藉秋风。这首名《蝉》的诗出自唐代诗人虞世南之手，诗人托物寓意，蝉生性高洁，鸣声响亮悦耳，非借助秋风传远。而将蝉人格化，蕴含一个真理，立身品格高洁的人，并不需要某种外在的光环，自能声名致远。

繁华闹市听不到悦耳的蝉鸣，但只需轻轻推开窗扉，流光溢彩的诱人声浪便会奔涌而来。可是天云偏偏听到了蝉鸣。他在诗下面写有一行小字：秋来闻蝉鸣，自娱且自勉。我相信，在这间充溢着墨香和茶香的斗室里，耳朵听不到的声音，用心可以听到。

几天以后，我在百年老店"朵云轩"偶遇书画家胡考，他是书法大家胡问遂先生的长子，得父悉传，书画皆精，是沪上海派文化名人。我对他谈起马天云的书法，有意介绍相识，他一听就笑了，说那是我老弟。这是怎么回事？！我直直地看着他，目光里满是诧异。胡考讲述了一段遥远的往事。抗战时期，胡问遂举家避难，由浙江行至贵阳，与一户姓马的人家做了邻居。很巧，马家也是从浙江迁徙来的。乱世多舛，他乡遇同乡，两家像亲人一样，相互帮衬着度过了动荡的年月。1954 年，胡问遂定居上海，马家仍然留在贵阳，两位父辈渊源世交，他们的后代情同手足，因此胡考称天云为老弟。

胡考告诉我：天云自幼练书法，他父亲定时把他的字寄来，让我父亲指导点拨。后来父亲上了岁数，就把这个任务交给我，可以说我也是天云的半个老师。胡考说着又笑了，笑得很开怀，从他的笑声里我能感受到，他和天云之间那种胜似兄弟的情感。

这以后，晚上得空我便去天云的宿舍，看他写字或品茶聊天、评书论画。偶尔也会喝上几杯，谈兴就更浓了，有一回竟然醉卧在他的床上。天云历史知识渊博，各类典故知之甚多，时有惊人之语脱口而出。我曾写过一篇散文《敬亭山凭栏》，其中有关唐朝一位公主上敬亭入庵为尼的记述，他指出两个误处，令我既汗颜又钦佩。

2003 年春节，初五一大早，回贵阳家里过年的马天云打来电话：下午到上海，专门为你带来了花江狗肉，晚上和你夫人一起来。花江狗肉是贵州的一款特色美味，尤其讲究汤料。天云是连肉带汤一块打包空运，让我和妻子在距离两千多公里的上海，品尝到了地道的原汁原味。那年的冬天很冷，天云的这间宿舍却格外温暖，至今我还常常回味那份鲜美，心里总是暖暖的。

时隔一年，天云再次工作调动，将去向另一座城市。胡考为他饯行，满座皆是书画界人士，我也忝列其中。饭店名叫桃花潭酒家，店主是安徽泾县人，李白《赠汪伦》诗中深过千尺的桃花潭就在泾县境内。今古一相接，世间惟留情。胡考特意挑选这家饭店，用心寓意无需言表，惜别之情犹见深切。饭后，在座的画家共同画一幅画赠给天云。胡考率先开笔，窗外雪花无声地飘落，他稍作沉思便泼墨挥毫，画了一树老梅，枝干苍健蜷劲。接着众画家补景、点花、敷色，不多时，一幅风雪梅花图便完成了。然后书家题款，最年长的刘达老先生题：梅花三弄送天云，风雪今夜道别情，同是月下画中人，竹炉汤沸方识君。"寒夜客来茶当酒，竹炉汤沸火初红"是宋代诗人杜耒的诗句，刘老先生借语换意，将竹炉汤沸赋予日久见人的时间概念，以此肯定天云的人品和书品。

今夏上海酷热，我提议去贵州旅游避暑，几位朋友积极响应。其实我有私念，正好趁机和几年未见的天云谋面，好好叙叙旧。一到贵阳就给他打电话，可是他却在距离省城两百多公里的县乡公干，而且一时半会回不来，他为不能尽地主之谊抱歉，更为不能相见抱憾。

一周后我们告别贵州。夜航班机飞上夜空，俯视山城灯火璀璨，失之交臂的惆怅油然而生。岁月如江河，波涛两浮萍。天云，你总是那么漂泊，今夜又宿何方？

## 大美无形话胡考

熟悉胡考的人都称他考兄，这是一种带敬意的亲切。作为集书法、绘画、篆刻于一身，蜚声海内外的艺术家，若不厌俗，可以说出他的一长串头衔和荣誉。然而，胡考先生首先是一位谦谦君子，"青山高而望远，白云深而路遥"，自然而然透出大家风范。

不妨回顾两个片断：上世纪70年代末，十年浩劫终告结束，百废待兴。上海老字号"朵云轩"约请胡考书写一本字帖，供不应需，一版再版，发行量高达150万册；改革开放伊始，胡考赴东瀛游历考察，日本书画界十分仰慕，并由外事部门要人亲自出面约谈，高待遇邀请入籍，胡考予以拒绝。

2003年春，胡考与一些书画家、作家、记者去贵州采风，我也忝列其中。第一夜宿省城贵阳，晚饭后大家结伴去游南明湖，看夜景中的甲秀楼，却怎么也找不见胡考的身影。那夜胡考很晚才回到住处。问他去哪里了，他说回家看看，当时我很有点纳闷，怎么贵阳也有家？翌日晨起散步，庭园式的云岩宾馆，空气中弥漫着阵阵花香。胡考告诉我他出生在贵阳，然后语气深沉地讲起了往事。胡考的父亲是著名书法家胡问遂先生，祖籍浙江绍兴，"七七事变"后为避战乱，举家辗转流离，历经千难万险，最后在贵阳落下脚来，先后住电台路、北沙巷等地。父亲在小十字开馆，设计制作广告招贴维持生计，随着业务量的扩大，兴办了贵阳时轮印刷厂，即现在的贵阳新华印刷厂前身。1945年胡考在贵阳出生，并度过了少年时代，至50年代中期随父迁居上海。胡考十分感慨地说，记忆中的贵阳很破旧，现在完全变了，大路通衢，高楼林立，好不容易找到儿时的家，可是人去室空，围墙上写着一个"拆"字。不过小时候栽下的那棵榕树还在，早已长成了枝繁叶茂的大树，那个夜晚，胡考久久地流连在榕树下，孩提时的一幕幕在脑际萦绕，这是他永远挥之不去的"乡愁"。

然而记忆中最深刻的，乃是在贵阳开蒙学书法。父亲在园里放置一盆用于磨墨的水，限定一星期写完，而且同时要上学。孩童难免贪玩，胡考有次偷偷泼掉一点水，被父亲罚站了一夜，严厉程度可见一斑。学习书法由临帖开始，逐渐向悟帖转化，从形似层面向神似层面升华，所谓"神"是精神、风范、境界的综合体现。胡问遂经常教导胡考，悟帖先悟人，学书须要胸中有道义，要努力做到"人书合一"。良好的家教真传，加之勤学苦练，胡考早年成名，书法得到业内人士充分肯定，而且为人处事亦有胡问遂的影子——严以律己，宽以待人。恰如他的书法那样，雍容洞达，波动变化，于刚健雄劲之中，涵蕴高尚的精神力量。

书画同源，书在先。中国画技法运用趋于成熟，于宋、元山水画上得以充分表现，最显著的特征是，融入了画家的个人风格。胡考绘画师从谢稚柳，并得到刘海粟、来楚生、唐云、陆俨少等名家的指导点拨，多年致力于山水画的研究和创作，功底非常深厚。中国画追求意境，给人以静以远的感受，而这种意境的营造，来自画家的深度思考。临摹前辈的作品，方尺间与古人对话，用心灵感悟艺术真谛，将生命、精神和理念植入绘画中；观察自然景状、人间百态，深入细致地去发现"形"以外的存在。

中国画的发展是在变中取得的，变是推动艺术发展的动力，变就是突破甚至推翻某种成法。观赏胡考的山水画，可以发现其中的变化。以《峡江云涌》为例，画面近端突出部分是险峻的山崖，江水在前山与后山的夹缝间奔涌，形成了云水一天的雄浑气势，宛如承载着历史的厚重，突破了远山近水的传统构图定势。再如《万壑夏云图》，画家别出心裁，截取山峰的上部立面，云雾在挺拔的山谷中缭绕，树丛散落在山脊上，茂密的枝叶染绿了黛色的石壁，四下里弥漫着一种无以言状的寂静，仿佛灵魂找到了归属。《玉关千秋雁连天》又是一种意境，萧瑟秋霜，关山千重，苍茫茫的天空，大雁匆匆南飞。整幅画皆以凝重的墨色渲染，沧桑气息浓烈，令人顿生思归之情。

　　胡考说，每个人对生命都有自己的理解，每个画家对美都有自己的感悟，没有统一标准，强求一致就是泯灭个性，就不是艺术了。这是有哲理思想的表述，既是艺术的本真，也可以引为做人的原则。中国书画原本具有修身养性、陶冶性情的精神内涵，画友相聚，清茶一杯，偶尔也会找家小饭店喝点酒，开怀畅谈，海阔天空，这是任何物质享受所替代不了的。

# 士兵篆刻家

2010世博会期间，篆刻家钟老先生忽来电话，说家里有客，要我也去凑凑热闹，并言明共进晚餐。我很尊重先生，自然要去，也想到来的一定是贵客，不然不会设家宴款待。

下了班即赶去，眼前的贵客一身戎装，大约30岁光景，个头虽不高，但很壮实，双目炯炯有神。先生介绍他叫徐强，是重庆警备区的一名士官。军人怎么和德高望重的篆刻家有关系，完全不同的职业，况且大老远从重庆来，我挺纳闷，但不便发问。先生对徐强很亲切，目光慈祥，笑也是发自内心的，就像对一个许久没回家的孩子。

那天先生很高兴，开了多年的戒，把酒言欢。他对我说认识徐强比认识你还早。我很诧异，我有幸相识先生十多年，那时徐强还是个孩子呢！先生又笑了，他说那时徐强才14岁，就是孩子，我和他是忘年交。此时一直少语的徐强忽地站起，行了个标准的举手礼，动情地说，老师，你千万不要这样说，你是我永远敬仰尊重的老师。先生拉住他的手，执意要他坐下来，眼窝里泪光盈动，此情此景令我感动。

先生说起往事，十多年前他去四川垫江，在街上看见一个卖石头的地摊，石头倒是一般，挑了几块没相中，却对一枚刻章产生兴趣。他问守地摊的孩子谁刻的章？孩子说他自己刻的，先生又问一遍，孩子又如是说。先生仍然不敢相信，让孩子当场刻一枚，竟大出意料，这孩子入刀、行刀、结体皆有章法，而且相当娴熟。先生既惊且喜，专程去了一趟孩子的家。川东一个普通农户家庭，这个孩子就是徐强，当年14岁。徐强学篆刻属偶然，小学二年级在同学家里看到一本《篆刻入门》，随手一翻就喜欢上了，遂以代放一月牛的辛劳将其得到，就此痴迷上了篆刻。垫江属喀斯特地貌，多岩溶石，他上山采集，用废锯条磨成刻刀，按图索骥，比照《篆刻入门》，刻了磨，磨了刻，刻过的石头不计其数，几年里上山背石多达两百多千克。先生被徐强的刻苦好学精神深深打动，回到上海即寄去不少有关篆刻的书籍，并在往来书信中加以指导。

1994年，徐强应征入伍，驻守祖国北大门，后奉调重庆警备区。他从一个农村娃成长为一名合格的士兵、称职的军人，荣立二等功一次、三等功两次，多次获得优秀共产党员称号。同时利用工作之余，深入摹习秦汉玺印和古圆朱文，操刀不辍，艺术境界不断提升，治印4 000多方，参加部队和地方举办的书画篆刻展不下数十次，屡屡得奖。他将自己的经历和体会撰成多篇文稿，发表在全军政工网军旅文学栏目，为服务部队、丰富军营文化生活、培养军地两用人才做出贡献。成都军区《战旗报》以《士兵篆刻家》为题，报道徐强的先进事迹。他现为重庆市书法家协会会员、巴渝印社社员，一位名至实归的士兵篆刻家。

此后我也成了徐强的忘年交，我为有这样一位军人朋友自豪，引以为荣。前几天他来电话，工作又有调动，他说不管到哪，在什么岗位上，他都是一个兵，时刻听从祖国召唤，忠诚履行一名军人保家卫国的神圣使命。当然，他仍会徜徉在方寸天地，继续专究心爱的篆刻艺术。

## 仁葵仁兄大画

"人不可貌相,海水不可斗量",虽然是句俗话,但不无道理,告诫人们不要以外表以貌取人。然而现实生活中,第一次接触,外表感觉往往很重要。初识季仁葵,如果旁人介绍他是县文化馆的一般干部,我会毫不意外,当得知他就是以人物画著称、享誉浦江两岸的著名画家时,真正是深感意外,简直不敢相信。那天他穿一件褪色的中山装,两条裤腿卷起半截,像是刚从农田里跑来。因闻其名在先,见真容在后,感觉对不上号,完全不像大画家应有的那种模样。

季仁葵祖居上海奉贤,南临杭州湾,北枕黄浦江,是上海的南大门,原属县建制,现为市辖区。那是一个多河流、多石桥、民风淳朴、风景优美的江南水乡。古家训之祖《颜氏家训》有言:奉贤之贤,家风之源。季仁葵的父亲虽只读过几年私塾,却写得一手好字,过年给人写对联,十里八乡的都赶来。耳濡目染,季仁葵自小就喜爱拿根树枝在沙地上写字画画,八岁放牛,坐在河边,村舍入画,耕作的农人入画,小学二年级为学校画墙报,谁都不信出自一个孩子之手。当时父亲工资仅三十二元,全家五口人赖以生活,父亲却毫不犹豫地为他买石膏像、画架、画夹,还买了一本书——《给初学画者的一封信》——这本书成为季仁葵学画的启蒙老师,教会他用自己的眼睛观察生活,以及绘画技法,更重要的是教他怎样做人。学海无涯苦作舟,季仁葵不断给自己出难题,譬如这个月将脸部五官画好,下个月解决画手的问题,反复练习,乐此不疲。奉贤有位著名的雕塑家、画家滕白也,曾留学英、法、美等国,系英国皇家美术院院士,塑像《孙中山演讲》《马可·波罗会见成吉思汗》蜚声海内外,后任上海文史馆馆员。他看了季仁葵的素描人像非常感叹,说这个孩子有灵性,将来在人物画上大有发展。

1961年,季仁葵中学毕业,保送奉贤农业学校,其间参加县文化馆画展,展出的画一半以上是季仁葵的,引起整个县城轰动。一年以后,由于"自然灾害"粮食奇缺,农业学校被迫解散。那时季仁葵尝到了饥饿的滋味,目睹因饿致死的人。或许这使他养成了节俭的习惯,一生简朴,不追求物质享受。1965年,季仁葵以优异成绩考进浙江美院,真正走上了职业画家的人生道路。然而此时"文革"烈火燃遍全国,学生们参加红卫兵闹革命,教授老师被打翻在地,只有少数同学两耳不闻窗外事,专心致志学画画,季仁葵便是其中之一。这段时间他有机会阅读了许多著作,包括中外绘画史,各种画派的形成及特征,丰富了绘画理论知识。时在浙江美院任教的著名画家方增先先生,慧眼识珠,注意到了季仁葵。而季仁葵有幸成为方增先的学生,是他艺术生涯的重大转折点,犹如一盏明灯照了前行的道路,又似乘上了到达彼岸的航船。季仁葵多次动情地说,我画画受益于恩师方增先,他给我的教导最多也最好,没有他就没有我的今天。

大学毕业以后,季仁葵被分配到浙江婺剧团,从事舞美设计,达八年之久。除了完成本职工作,他大量写生和练习,并创作了不少作品,其中国画《喜聚丰收粮》入选浙江省美术大展,水彩画《老兵新传》获全国第六届美展优秀奖。每个星期六晚上和星期日整天,他都在浦江县文化馆,辅导书画爱好者,为该县成为全国著名书画之乡作出贡献，奠定了基础。季仁葵调回故乡上海奉贤，在文化馆工作，开始绘画创作的高峰期，主要画人物，《领袖毛泽东》《伟大的周恩来》《总设计师邓小平》《习仲勋在延安》，作品屡屡得奖。2000年上海艺术博览会，季仁葵入选参展的作品多达二十余幅，无论时尚少女，还是挑稻谷的村妇，在他笔下各是有姿有貌。

  人民日报社主主管主办的《大地》杂志派记者专程来沪采访季仁葵，我接奉贤区统战部通知参与接待，由此得识季仁葵。他的金钟画院是一幢三层小楼，每个楼层分别布展，有人物画系列、山水画系列、京剧人物系列，以及水彩画系列等。有道是酒香不怕巷子深，画院位置虽离闹市僻远，但观展者摩肩接踵，络绎不绝。季仁葵擅长人物画，早有定论，他的山水画也很有特色。首先是取景视角独特，远峰近岚，老树新枝，瀑布泉流，皆呈现别样的感觉，盖涌动着鲜活的生命力。京剧人物是季仁葵的画中一绝，可谓国粹与神来之笔的完美结合，花旦美目传神，武生阳刚之气冲云天。季仁葵告诉我们，画京剧人物是受恩师方增先启发指点，当时他画《红灯记》中的李铁梅，方增先看了以后说，京剧是国粹，不妨尝试画一个系列，同时指出戏剧服饰装饰性很强，衣纹要随人物动作变化，要多观察，多练习。季仁葵十分重视，悉心研究，并借鉴阿基米德浮力原理，运用到绘画中，使线条准确地表现人在运动时的衣摆飘动，凸显衣纹质感。上海美协秘书长朱国荣观赏了京剧人物系列，非常激动，脱口称道：老季，你的人物衣纹下面有肉！中国福利彩票采用季仁葵的全套京剧人物画，制成京剧主题即开型福利彩票，被广为收藏。季仁葵最早画水彩，情有独钟，盈尺间的粉墙黛瓦，小桥流水，一草一木，关乎着他对家乡深沉的爱。《大地》杂志以"仁者所绘，心形循日月同辉"为题，大篇幅报道介绍季仁葵和他的绘画。

  季仁葵的作品大多取材于农村，是他熟悉的生活，因此画面上透析出浓郁的生活气息。喜上眉梢的《钱老汉》数点丰收硕果；《大篷车进村啦》使农民的生活更充裕；《看外国媳妇照片》更具时代特征。他主张画人不仅要"像"，更要有"神"，所谓神形兼备，用他的话说，只有形"准"了，像的问题自然就解决了。他的人物画追求唯美，多一笔皆无情地删去，而且从不重复，每一幅画都是孤品，因此格外珍贵。他也是一位书家，书法自成一体，俊秀中不失刚健。书法作品《十二生肖》，被古今通宝收藏品交易中心制作成鼠年贺年卡，广受欢迎，几番加印。

季仁葵长我十岁，接触交往多了，我称他仁兄。他的确是一位可敬的兄长，善良厚道，乐于助人。他画名日盛，不过还是原来的模样，一点都不变——认认真真画画，简简单单生活，平平常常做人。

## 景德镇响瓷

有位刚从日本回来的朋友,邀我去他府上喝茶。茶桌摆在园子中间,四周花香扑鼻。朋友在瓷质茶碗里置放茶叶,然后徐徐注入沸水,随即有悦耳的音乐声响起。我顾盼左右,不知乐声何来?朋友神秘地笑笑,将水注入另一茶碗,于是又一种旋律鸣响。朋友告诉我,这是日本生产的音乐茶具,只需注入水,就可以发出10多种不同的音乐。我不懂瓷器,也不明白瓷器出声的缘由,但对日本人的聪明留下深刻印象。

这是去年的事。前不久我和两位同事到景德镇出差,事毕等候晚上的飞机返程,有一下午闲暇。一位同事说,既然来了瓷都,就应该带几件瓷器回去,我和另一同事马上表示赞成,并立即付诸行动。

对琳琅满目的词义解释,走进瓷都的瓷器商场才真正理解,至少我这样认为。不加夸张地说,我们仿佛游弋在瓷器的海洋,又如置身于美轮美奂的锦绣之中。每一次侧目,就会引发一阵心跳,这才明白什么叫赏心悦目。一位同事率先购买了一套名曰"水点桃花"的茶具,我和另一同事惟恐落后,随即选购了各自心仪的瓷器,直到手里都提满了,还心有不甘。

随波逐流般地"游"到又一家店铺,已是汗湿衣衫,气喘吁吁。

一位清纯少女笑容灿烂地迎上来，请我们在环绕瓷质茶几的瓷凳上落座，然后递上一杯清亮的茶水。放下手里的重负，坐在凉凉的瓷凳上，喝着用景德镇瓷器泡出的茶汤，便和少女聊开了。话题自然是瓷器，应该说，有关瓷器知识启蒙，就是从这位少女开始的。

少女名芳芳，今年17岁，刚参加完高考，来姐姐店里帮忙。她讲起瓷器如数家珍，因为景德镇人从事制瓷工艺，祖辈传承沿袭，后代自小耳闻目睹，个个成了"专家"。一方水土养一方人。景德镇的土质适合制瓷，尤其是浮梁高岭土质最佳，历代皇家御用瓷器，多出自浮梁高岭土。土质好坏直接关系坯体优劣，因此瓷器等级首先取决于土质，然后再是烧焙、彩绘、上釉等工艺流程。烧焙火候尤为重要，温度掌握在1 380度，过则废。现在可用科学手段掌控温度，可是成百上千年前，工匠们是怎样把握火候，并且如此准确，实在令人感叹不已。可喜的是，这种"看家本领"没有失传，景德镇至今还存有炭火窑。

少女总结景德镇瓷器四大特点：薄如纸、白如玉、明如镜、声如磬。她随手拿起一只碗朝向灯光，果然洁白明净，晶莹剔透。接着她又拿起一只碗，两只碗相碰，发出十分清脆的声音。我忽然想起去年在朋友家看到、听到的音乐茶具，于是问：景德镇有会出声的瓷器吗？少女将碗在手中平放，用手指蘸了些许水，然后手指沿着碗口轻擦，碗随即发出悦耳的声音，而且持续很久。她又拿起另一只碗，施以相同的方法，这种碗发出了另一种声音。我和同事依此仿效，碗也发出声音来。少女告诉我们，会出声的餐具或茶具是用骨质瓷烧制的，就是在瓷土中掺加了牛角粉，称为响瓷。她不无遗憾地说，据她所知，景德镇目前尚没有注入水会发出音乐的茶具。事实正如她所言，我们踏访了多家瓷器商店，答案是一样的。日本人"偷"去了我们的传统制瓷工艺，加以改造发展，居然领先了一步。不过我记住了少女的话：响瓷基本原理相同，只要去开发研究，完全有能力制作出来，说不定你们下一次再来景德镇，就会买到这种音乐茶具。

　　少女虽然稚嫩了些，但我们有理由相信，因为她身后有千万个景德镇制瓷人。"此物只应天上有"的夜光杯，人间岂不是早有了！此番我们三人各自购得一尊，斟上葡萄美酒，也体验一回飘飘欲仙的滋味。果然，我在归程的飞机上睡着了，做了南柯一梦：许多许多年以后，我的孙子的孙子，拿着我在景德镇买来的仿元青花牡丹瓶去拍卖，竟然拍得了天价。

　　飞机落地了，我醒了，仍在笑着频频点头。同事不解地看我，我似乎还在梦境中，旁若无人地自说自话道：这是真的，因为到了那个时候，我的仿元青花牡丹瓶，早已成了文物啦！

# 黑桦林

小兴安岭边缘，属次森林地带，有成片的白桦林和黑桦林，农场就坐落在开阔的丘陵上，周边黑桦林居多。林子里的树并不很密，夏天的时候，地上长满青草，绿茵茵的，就像一块碧绿的地毯；深秋时节，落叶归根，又成了一片金黄色，脚踩上去软软的，还会发出声音。

我所在的二分场，离那片黑桦林不远，步行不过十来分钟。听连里的老职工说，原来林子里有很多动物，狍子、野猪，还有狼和熊，其中狍子和狼最多，现在都不见了。黑桦林与耕地，被一条小河分隔，像似天然的界线。河不深，可以见底，河床上布满碎石，水里有小小的串条鱼。很早以前，这里曾经热闹过，因为河里有沙金，很多闯关东的人来此淘金，现在拖拉机翻地，偶尔还会翻出白骨。河上原来没有桥，人们进山多是枯水期，或者冬天。大批知青来了以后，柴火不够烧，要进山砍树，因此修了一座木桥，供马车往来。

黑龙江的夏天白昼特别长，晚上八点多太阳才下山，真正黑下来要快九点。知青吃过晚饭，没有事，三五成群跨过木桥，去黑桦林里玩耍，有时私下谈事，也会跑到黑桦林。年轻的男男女女，难免生发感情，黑桦林是知青们的世外桃源，孕育了很多爱恋。也有把持不住的，黑桦林的青草地上，干柴和烈火，熊熊燃烧起来。连里的出纳员，一个漂亮文静的牡丹江知青怀孕了，偏偏怀的是葡萄胎，农场医疗条件很差，险些掉命。指导员在会上公开告诫大家，野地里容易受风，要做事干脆带条毛毯去。女知青都羞红了脸，个个埋下头去。

　　其实当时物质条件极其困难，一天三顿西葫芦汤，不见一丁点油星。即便如此，爱情照样萌发，就像漫山的野花，春天来了一定会绽放。

　　麦子种在冰上，收在火上，一年里最炎热的天到了，就是快要收割麦子的时候。麦田一望无际，灌浆的麦穗沉重地弯下腰，随着风吹起伏，就等麦粒晒干了便开镰。那天下午，分场主任把副连长赵志刚找去，交给他一个任务，夜里带领一队民兵，包抄黑桦林捉奸，并且强调保密，谁走漏风声处理谁。可是要捉的奸夫是上海知青吴达，他和有夫之妇、小学校教师暗中来往，大家早有耳闻。赵志刚踌躇了一下午，晚上在食堂吃饭，朝吴达做了个手势，吴达领会了，夜里的行动自然扑空。此后不久，女教师提出离婚，男方闹得很凶，传得沸沸扬扬，分场主任为了息事宁人，把吴达调到另外一个连队。

　　事情并未到此结束。女教师离婚了，找了个小屋住下，吴达晚上收工来，早上天没亮走，一个往返四十里。有一次恰恰被我碰到，吴达迎面走来，我正要开口打招呼，他低下头，视而不见，匆匆而过。他是不好意思，这种事情毕竟见不得人。我不明白他为什么，是真有感情了，还是为满足性欲？这个女教师三十岁出头，长得不错，亭亭玉立，很有些少妇的风韵。

　　当年春节，赵志刚回上海探亲过年。吴达也在上海，他请赵志刚吃饭。赵志刚和吴达是中学同班同学，一起下乡到黑龙江，两人关系很好。赵志刚名字响亮，但个子矮小，身体瘦弱，吴达则是人高马大，身强力壮。有天在食堂排队打饭，几个牡丹江知青插队，赵志刚不满，因此争吵起来，赵志刚被打得头破血流。吴达闻讯赶来，拔拳就打，引发了牡丹江知青和上海知青集体斗殴，吴达记大过处分。后来赵志刚提干，当了副连长，融入领导层，渐渐和吴达疏远了。他甘愿冒风险救吴达，既有念旧情的成分，也考虑都是上海知青，吴达丢脸，上海知青脸上也没光。

那天赵志刚到饭店，不料女教师也在。原来吴达把她带到上海，和家人见面，两人打算结婚。也许在农场压抑久了，又喝了些酒，女教师这天支颐展颜，说起与吴达相好的过程。女教师的前夫是拖拉机手，但嗜酒如命，是出了名的大酒包，夫妻感情因此不和。她常到黑桦林散步，常常遇见形单影只的吴达，有一次竟然发现吴达在林子深处自慰……吴达脸红了，没让她说下去，不过两人就此好上了，如胶似漆，难解难分。女教师大吴达六七岁，长得年轻，看上去和吴达差不多，更看不出她有一个十三岁的儿子。

吴达和女教师还没来得及结婚，知青返城开始了。来时呼啦啦，一大群，走得更快，铺盖卷也不要了，农场顿时冷静下来。赵志刚是干部，留守到最后，也回上海办理相关手续，正准备去农场迁户口。吴达和他的母亲来找赵志刚，要求他帮助吴达返城。吴达母亲拿出五百元，给女教师补偿。老人家为了儿子，当场跪在赵志刚面前，赵志刚难以推却，只能应允下来。可是事情并不好办，女教师死活不让吴达走，情急之下，绝望之中，竟然脱光衣服跑到公路上。那是四月里，冰雪还没化，天气还很冷，她想造影响，让全农场都知道，这样吴达就走不了。赵志刚有办法，场部熟人多，找到公安局管户籍的人，悄悄把吴达的户口迁掉了。

临走前一天，指导员在家里摆酒席，为赵志刚饯行。酒喝到脸红耳热，指导员的孩子回来说，吴达被女教师，以及她的前夫、儿子，绑到黑桦林里去了。赵志刚意识到要出大事，连忙下炕，跑了几步又回头，抽出指导员挂在墙头上的手枪。吴达被绑在一棵黑桦树上，女教师的前夫和儿子手里各持着一把闪晃晃的斧头，不许赵志刚靠近，女教师哭着喊着，要跟吴达同归于尽。赵志刚对空连开三枪，把女教师的前夫和儿子镇住了，随即冲上去给吴达松绑。女教师从儿子手里夺过斧头，朝自己头上砍。千钧一发之际，指导员赶到了，飞身将女教师扑倒在地，事态没有进一步恶化。指导员向场部求援，要来一辆汽车，当晚就把赵志刚和吴达送上了南行的火车。

这些事，包括黑桦林捉奸，我们原先都不知道。多年后，一次知青聚会，酒后茶余，赵志刚摆龙门阵，讲故事般的说出来。赵志刚返城以后，在纺织厂做机修工，吴达顶替父亲当了交警，公务员编制，早已结婚生子，日子过得蛮滋润。人生就是这样，变幻莫测，捉摸不定。

又过了几年，知青自发回"第二故乡"，赵志刚和吴达也去了。女教师早已去世，埋在黑桦林里，是她生前的要求。吴达悄悄去墓地，将坟头上的杂草清理干净，在墓前坐了很久。回到住地，绝口不提，神色凝重，一个人待在房间里，晚饭也不吃。那天赵志刚也很沉默，在院子里来回徘徊，月光很亮，映照着他摇头叹气的身影。他固然有仗义的一面，关键时刻帮助了吴达，但也伤害了女教师。可悲的是这位女教师，不堪忍受酗酒的丈夫，向往新生活，可是找错了人，酿出一杯苦酒，积忧成疾，不到四十岁就走到了生命的终点。

年少时的孟浪，不知深浅，可以理解。谁又没犯过错呢？

# 我和马的交情

城市生活，只能在电影或电视上看到马的身影。离开和马朝夕相处的岁月已经三十多年，但只要看见马，尽管是在屏幕上，总会有一种抑制不住的激动油然而生。我爱马，爱它风驰电掣般的矫健身姿，爱它对人类永无怨言的辛劳付出；更因为在生死攸关的严峻时刻，马曾挽救过我的生命。

最初喜爱马，是出于好奇，是骑在马背上驱使它的欲望。刚到农场就不顾领导出于安全考虑，不准知青擅自骑马的禁令，约了同学小沈，悄悄地来到了坐落在小山包上的马厩。正是午后时分，饲养员已回家吃饭，拴在食槽上的马也在专心致志地吃草料。我们挑了一匹又高又壮的枣红马，解开缰绳就往外牵。它没有反抗，乖乖地被我们牵到了离马厩几百米远的一块还刚见绿的草甸子上。小沈扶我跨上马背，我紧紧地抱住马脖子，缰绳在小沈手里牵着，马平静地走了一圈。看这马老实，我的胆量就开始大了起来，自己接过缰绳，神气地挺起胸，并用绳头抽打马屁股。马放步跑开了，先是小颠再是大跑，当看到小山包上的马厩时，那马突然快速飞跑起来。我只听到风声呼啸，整个身子犹似腾云驾雾般地飘忽。就在此时猛听一声吼：快把脑袋低下！我本能地一缩头，马"嗖"地冲进了马厩，几乎同时，斜旁窜出一个人影，腾身跃起一把抓住马笼头，马前蹄直起骤停，我从马后面滚落下来。

我从地上爬起来，立即遭到一阵劈头盖脸的怒骂，是抓住马笼头的人，一个近六十岁的老头，后来知道他姓张。当时我很有点不服气，张老头将一顶帽子直直地扔到我脸上，大声喝道：小子，不是我喊一声，你脑袋早没了！我这才回过神来，马冲进马厩时的一瞬间，我低下头，但头上的帽子被掀掉。事后越想越怕，如果没有张老头的那声喊，我的头会被马厩的门框撞碎；如果不是张老头拉住马笼头，马冲进马群里发生碰撞，后果同样不堪设想。从此，我对马再无好感，更不敢骑马。

到了收割季节，地里的庄稼要拉到场园上来脱谷，连里派我跟车装卸。我不愿去，申辩数次无效，最终百般无奈地去了。偏偏"冤家路窄"，我这辆马车的把式，就是那个张老头。我掉头想走，却被老头一把拉住，他笑着对我说：小伙子，看来我们有缘。其实我对他怀有感激之情，但是有点怕他，准确地说是怕马。此后装车卸车，晨出夕归，我总是与马保持一段距离，并且盼望早点结束跟车的日子。可是张老头对马的那股亲热劲，简直叫人难以理解，他说马通人性，你对它十分好，它会还你十分好。对此我虽不予反驳，但并不认同，马不就是牲口吗！张老头还经常放着近路不走，用他的话说，宁绕十里远，不走一里喘，就是怕马累着。他几乎天天因为嫌草料少而和饲养员发生口角，常常夜里偷着给马喂细料，饲养员几次揪着他到连部理论。可是连长总是向着他，因为他的马最壮，因为他的车最出活。特别是辕马"黑大个"，从四野炮团退役下来，已经二十多岁了，依然老当益壮，担负重要的驾辕任务。

地里的庄稼终于拉完了，可是我跟车的活却没完，而且由短工变成了长工。连长找我谈话，说张老头快退休了，要我学会赶车准备接班，还特别强调是张老头的意思。我虽然感到意外，但没有拒绝，因为随着时间推移，我对马的恐惧已经消除，再者我已经了解张老头，他外表看似严厉，其实心地善良，待人真诚。我开始学赶大车，里面还真有不少道道，好把式调教出来的马，紧急关头四蹄刨地，奋勇向前；而使唤不好的马，一吃劲就松套，成了"假马"。张老头传授给我不少门道，其中最重要的一条，就是要善待马，你对它好，它也对你好。以后的事实证明确实如此。

第二年开春，张师傅退休了，我接过他使用多年的大鞭，成为农场第一个知青车把式。从拉播种机下地开始，忙完春播又搞运输，早出晚归。转眼到了夏天，塞北最美是夏季，满眼苍翠，林带如织，金黄的麦田一望无际。坐在大车上怀抱长鞭，车悠悠地颠着，人悠悠地晃着，下了一道坡又上一架山。有时会禁不住唱上几句，歌声飘得很远，山林荡起回音。

1974年冬天，那年雪下得特别大，放眼皆是银白世界。我和跟车的"大狗"，一个三十多岁的东北汉子一起上山拉柴，沿着林间小径，一路颠簸着上山。装完车天已擦黑，又一路颠簸着下山，不知何时捆紧的绳索被颠松，一棵碗口粗的树杆猛地窜出，直直地戳在前马的屁股上。被戳痛的马怪叫一声，连尥了几个蹶子，随即撒蹄猛跑起来。惊马失控，任我怎么急呼，它浑然不听，而且越跑越快，车轮在被砍掉的树根上颠簸，恍如小船在海浪中起伏，忽上忽下。我和"大狗"吓得脸色煞白，双手紧紧抓住绳子，想跳车又不敢，怕跳下去摔到树桩上。就在这万分危急的时刻，辕马"黑大个"拼命向后使劲，两只眼睛因为用力而鼓暴了出来，但是惊马力大，又是下坡，车速丝毫没有减慢。"黑大个"突然急中生智，探头张嘴一口咬住了惊马的尾巴，用力朝后拽。惊马被咬疼了，也被咬醒了，回过头来既委屈又似乎不甘地看了看"黑大个"，终于停了下来……

许多年过去了，我眼前时常会浮现那惊心动魄的一幕，时常会想念"黑大个"。就是那年除夕夜,"黑大个"走到了生命的尽头,它倒在马厩里,鼻腔还在艰难地喘息,眼里流着泪,是对生命的依恋,还是不忍离开这个它曾经给予了许许多多的世界?但是它注定要作出最后的贡献,身上仅有的一些肉,包进了大年初一的饺子里。那是物质极其贫乏的年代。

# 闲话人参

我刚下乡到黑龙江，就听说东北有三大宝：人参、貂皮、乌拉草。农场有人参种植队，是禁地，围得很严实，还养着几条狗，不让靠近。听说8年以上的参都编了号，像人有户籍一样，然后由保卫科带枪护送到省城去。貂皮虽说珍贵，但当地老乡有用貂皮当衣领、做帽子戴的。乌拉草倒是山上随处都有，大冷天将乌拉草垫在鞋底，保管不冻脚。

前几年市场上东北人参突然多了起来，而且价格一跌再跌，相反西洋参却走俏起来。我很有些纳闷，尽管没有种过参，但听说过有关种参的知识。人参对土质的要求很高，参场大多选在砍伐掉树木的林子里，因为常年落叶滋养，土壤肥沃。即便如此，种植三年的参仍需移地另栽，以满足养分的要求。显然，就人参的生长周期来看，何至于冒出这么多呢？莫非是种植户多了？产量大了，失却了物以稀为贵的价值意义。而同样是人工种植、品质远不及长白山人参的西洋参得以畅销，恐怕与崇洋心理作祟有关。

想起说说有关人参的话题，是因为对我多有关照和提携、称我为小老弟的著名诗人黎焕颐乔迁新居，我要去祝贺，思量着送什么礼。黎老年近七旬，健康最重要，应该送些滋补品，因此我想到了人参，家正好里有一枝。说起这枝人参还有故事，我在黑龙江时，有一年农场爆发出血热，俗称鼠疫，场部医院条件差，治不好，患者都往城市医院送。有一个叫徐兴的老职工，他儿子也得了这种病，我把他送到符拉尔基人民医院，陪护了十多天，直到他脱离危险我才返回。当时符拉尔基每人每月五斤细粮，我让连里送来几百斤面粉，医院上下雀跃，更加用心治疗徐兴的儿子。徐兴为了表示感谢，送我一枝野山参，是他自己上山挖的，大约二十几克。礼物太珍贵，我不敢收，徐兴执意送，僵持不下，我将一件价值百元的呢大衣回赠。我想将这枝参送给黎老，对他身体有益，也表达我对他的敬重和感激，再合适不过。

可是黎老坚决不要，说这个礼物太贵重，受之不安。我了解黎老，从来洁身自好，即便蒙冤入狱，在青海大漠苦熬二十二年，始终没有弯过腰。而且黎老性格倔强，说一不二，认准的事情很难改变，我只能作罢。此后不多久，黎老打来电话，问我那枝参还在吗？他要花钱买下来。我当然不会要钱，随即带上参去他府上，黎老已等在小区外面，我一到他即把我拉上出租车，赶往华山医院。原来并非黎老要参，而是他的一位文友，癌症晚期，弥留之际，期盼在美国的儿子赶回来，见上最后一面。黎老得知后，当即给我打电话，因为据说野山参有功效，可以让将死者拖延几日。

十分遗憾的是，这位文友并未等到儿子归来。但他生命的最后时刻，得到黎老诚挚的友情关怀，得到心灵的慰藉，是带着微笑走的。

世上只有治病的药，没有救命的灵丹仙芝，人参也不过如此。后来听中医说，药材鲜用为好，人参也是同理。因为鲜人参所含有的挥发油及其他滋补成分，是干人参的三倍，由于不易保鲜的缘故，不得不制成干品。这些年来，物资丰富了，人参不再"高高在上"，普通人也能买点滋补身体。

# 黄士和的人生片断

我们所在的农场,前身是劳改农场,黄士和祖籍贵州,部队转业分配到劳改农场当管教。知识青年上山下乡,服刑的犯人撤离,劳改农场变成知青农场,黄士和留任连队指导员。大概出于职业习惯,黄士和少言寡语,总是板着脸,一副严肃样,知青都不喜欢他,关系甚至有些紧张。但是黄士和有个特点,能干活,而且肯干。麦子种在冰上收在火上,炎炎烈日下,割麦的滋味实在不好受。一般干部只吆喝不干活,黄士和则不同,一点不少干,而且一个顶俩。黄士和还有一项绝活,冬天粪堆冻得比石头还硬,铁镐砸上去直冒火星,他有窍门,能找到力点,几镐下去便能震掉一大块。

黑龙江冬天干活,除了上山砍柴,就是刨粪积肥。上海知青邬本伟要上山砍柴,可是黄士和却分配他刨粪。邬本伟窝着一肚子火,没刨几下就扔了铁镐坐在一边抽烟。邬本伟善摔跤,哈尔滨知青铁柱子、天津知青张大个都败在他手里,在连里算个人物。黄士和捡起邬本伟扔下的铁镐,招呼他来学着刨,邬本伟置之不理,背过身去。黄士和过去拍了一下他的肩头,刚要说话,邬本伟站起来推开他就走。黄士和追上去拉住他,没料想邬本伟一搭手,旋即弯腰转身,一个漂亮的大背包,将黄士和重重地摔倒在地。黄士和愣怔了片刻,然后跳起来,甩掉身上的棉袄大声说:好小子,今天跟你摔几跤。邬本伟根本没把黄士和放在眼里,马上腾身扑去,黄士和灵巧侧闪,同时伸腿扬臂顺势一带,妙用四两拨千斤。邬本伟冲劲过猛,身体在空中飞起,结结实实地前趴跌倒,好一阵没爬起来。几天后,邬本伟上门挑战,又连输三跤,这才服气。后来知道,黄士和在部队时得过摔跤冠军。

时间久了,大家对黄士和有了了解,他是个实心眼的人,心里怎么想,嘴上怎么说,从来不讲假话。其实黄士和心里也很苦闷,希望和知青搞好关系。他抱怨自己,说脸部肌肉僵化了,调转不过来。当时这种现象很普遍,几乎所有干部原来都是做劳改工作的,习惯于用命令的口气说话,虽然对象变了,但潜在意识和行为惯性还存在。

我是连队通讯员,每天骑马到场部邮局取信件和包裹,往返四十来公里。虽然没有烽火连三月,但家书足够珍贵,我一进连里,知青们顿时拥上来,都问有没有来信。有次我给黄士和送信,是他贵州老家来的,第一次去他家里。连里住房分三种,干部住红砖瓦房,前后都有园子;职工是半截石块半截土坯、草盖顶的那种;刑满就业人员住的是泥屋,年代久了,有些已经东倒西歪,后墙往往要靠木柱子支撑着。黄士和当然是红砖瓦房,可令我吃惊的是,他的家可谓家徒四壁,就连一领炕席也是破烂不堪的。黄士和有四个孩子,大的刚读初中,小的才会走路,妻子因病长年卧床,没有劳动能力,还有一个年迈的岳父,全靠他不足五十元的工资。我去的时候,他的妻子正犯病,喘不过气来。

后来不知听谁说,我姐姐是医生,黄士和红着脸来找我,托我买点药。药寄到了,我给他送去,他没说一个谢字,却把我拉上炕喝酒。他不善言谈,喝酒时反复就说一句话,他要攒够一笔钱,带妻子去大城市、大医院治病。

他的这个愿望没实现,周乾事件,彻底改变了他的人生。周乾是拖拉机手,有一天翻地,由于口渴,跑到瓜田里去吃了一只香瓜。同是齐齐哈尔知青的连长认为这是偷窃行为,将他捆绑起来,还打了几下,不料周乾跑了,一气之下寻了短见。作为一起迫害知青致死事件的主要责任人连长,因为是知青,撤职了事,而连队指导员黄士和却被抓了,并且正式逮捕。

转眼到了冬天,听说黄士和要判刑了,被撤职的连长过意不去,买了两条香烟,要我到县城跑一趟,看看黄士和,因为我有马。我自己也想去看看他。事先打听过,黄士和每天要出来拉水,我拴好马,等在离看守所不远的一家杂货铺门口。果然,黄士和赶着拉水的牛车远远而来,我快步跑上去,突然,跟在后面的一个警察立即从腰里掏出枪来。我连忙说明情况。警察了解黄士和的案情,有点同情,收起了枪,并且同意我的要求,请黄士和吃顿饭。我发现黄士和变了,虽然外表没什么两样,但他的精神垮了,近似麻木的瞳仁,完全丧失了以往的那种光彩,目光躲闪,就像犯人见管教那样。正应了一句老话,人到屋檐下,不得不低头。

就近找了一个小饭店,我要了一瓶龙江大曲,先给警察斟上,再给黄士和斟。警察伸手拦住:他不能喝酒,吃点菜可以。这位警察很能喝,一瓶不够又要了一瓶,到第二瓶还剩半瓶时,他将酒瓶推给了黄士和。可是黄士和一口不喝,菜也不吃,第一次当我面流泪。他用满是厚茧的手抹泪,要我回去转告领导,看在他多年为党工作的份上,判缓刑,他还可以照顾孩子和病中的妻子。我只能答应下来,但心里明白根本没用,这种事连里管不了,能起作用的是场部领导,而黄士和曾经得罪过场长。

被撤职的连长知道的事情,比一般知青多得多,他当连长的时候,曾经绘声绘色地讲了一个真实的故事。黄士和刚从部队转业,是个愣小伙,一天去刑满就业人员家登记户口,推开门,一眼看到炕上朝天光着一个大屁股。他还以为是两口子,再一看搭拉在光屁股下面的是半截黄呢裤子,裤腰带上晃荡着手枪,他傻愣了,怔住了。光屁股转过头,吼了一声:还不快滚出去!他这才如梦初醒,急转身逃也似地跑出。事情到这里本该结束,可是黄士和不懂事,报告农场党委。黄士和确实不懂事,管教干部玩个把刑满就业人员的家属,不足为奇。再者没人敢举报。偏偏黄士和举报了,场长被警告处分,从此和黄士和结下了梁子。

关于处理黄士和的问题,县里征求农场意见,农场与县行政平级,农场的意见举足轻重。会议上也有人为黄士和说话,场长鼻子里出气,哼了一声,严厉的目光四下一扫,再没人敢吭声。黄士和被判了五年,他刑满释放时,知青已经返城,再没见过面。

前几年,知青自发重返第二故乡,千里迢迢,只为寻找遗落在那里的青春年华。物非人也非,当年的知青宿舍没了踪影,年长的多已不在,年幼的互不相识,感慨远远甚于怀旧。我找到一位老人,打听黄士和的下落,老人告诉我,黄士和出狱以后,没了工作,没了收入,只能率妻儿返籍,回他的贵州老家当农民,杳无音信。

## 大森林的娇女

前些天接到一个陌生的电话,听到的是一个陌生女人的声音,她直呼我的姓名,然后让我猜猜看她是谁。我想了好一阵也没想起来,电话里的她说,想不起来了吧,告诉你,我是黑龙江的王彦博。我愣住了,但那一瞬间思绪却被激活了,脑海里渐渐映现出她的身影,在国家射击队的训练场地,我曾采访过她。

按她告知的地址,我赶去和她见面,一路上回想着多年前的事情。我下乡在黑龙江农场时,同连队有个叫陈亮的佳木斯知青,与我交谊颇好,返城以后继续保持联系。王义夫夺得射击世界冠军以后,陈亮给我来电话,说他的邻居王彦博就是国家射击队的,如要采访,他可联络安排。就这样我见到了王彦博。当时正是大伏天,不动也汗流浃背,身材高挑、容貌姣美的王彦博持枪在烈日下苦练。那时我就想,她去做模特,或从事演艺也许更适合。

在大森林菌类美食楼一张临窗的桌子上,我一眼就认出了王彦博,她几乎一点没变,还是那么年轻,那么姣美动人。如果说略有不同的是,她的美貌里多了一些柔的成分,而且目光也温和了许多。这是岁月赋予的,也是事业磨砺而来的,但我能感觉到,她的性格一点没变,依然是东北人特有的那种爽快。她说今天请你品尝大森林的野生菌,接着便往我面前的小火锅里置放各种菌类,边放边解释：这是松茸菌，这是竹荪菌，这是猴头菌……此时煮沸了的汤锅里飘溢出浓郁的鲜香，深深引诱着我的胃。我们边享用美食边谈话。她告诉我这些年的经历，从射击队退役以后，像一些曾经辉煌过的运动员一样，因为找不到合适的位置而苦闷过。坚韧的个性使她相信只有靠自己，于是毅然下海经商，受过许多挫折磨难。后来看准了刚刚兴起的物流行业，倾其所有投入进去，一干就是整整10年。

当过射击运动员的王彦博，瞄准事业竟然也精准。她说物流特别讲究诚信，讲究责任感，要遵守市场运作规矩，因此就成功了，就做大了。可是她突然停手了，将公司转卖了，我问她现在做什么？她指指盘子里的菌菇说，现在就做这呀。我朝四下里看了看，这间食楼很大，装修精致典雅，设施相当先进。只是我想不明白，她为何放下已经驾轻就熟的行业，来做竞争激烈的餐饮，看来这次瞄准有误。王彦博理解我的担忧，也认识到面临新的挑战。她讲起这样一件事：一位同事的女儿患了厌食症，久治不愈，大山里的亲戚带来一些野生羊肚菌，家人做汤给女孩喝，没料想女孩喝了还要，胃口就此打开了。这偶然的事，使王彦博非常惊奇，菌类能治病，能给人健康。随后她自己也喝了一阵野生菌汤，发现皮肤明显光亮润滑，由此萌发了做菌类餐饮的想法。

我在黑龙江待过，知道山上大森林里野生菌类资源丰富，在生活质量不断提高的当下，没有比健康更引人关注的了。不过我想，这些因素并非完全是她放弃驾轻就熟的事业，来做菌类餐饮的原因。莫非是厌倦了商场上激烈的拼搏，调换另一种生存状态，过一份更平和些的生活？从她变柔的容貌、温和的目光、浅浅的微笑里，似乎印证了我的猜测。

黑龙江大森林里走出来的娇女，曾经在射击场上英姿飒爽的王彦博，如今将"大森林"搬进了大都市，她让菌类美食取悦和健康他人，同时愉悦自己。

# 贵州采风四题

思念贵州，是因为见过黄果树瀑布的壮观，是因为流连陶醉过仙境般的天星桥。也因为曾在贵州短暂地工作过，结下的那份情感。此次遵义市人民政府和贵州茅台酒厂联合举办的"名人名家茅台赤水采风行"，于4月21日从贵州省府贵阳市出发，踏一路山清水秀，由遵义沿赤水河北行。采风行的第一站，便是有"中华文化第一村"之称的沙滩村。

## 沙滩文化

沙滩，地名，位于遵义市城东。有山雄峙东西，有河绕村南北，村头的古榕树犹如历史的见证人。行前曾读过有关沙滩文化的资料，此处地灵人杰，数百年人才辈出，文著甚丰，且多致力于教育者。清代两任驻日本大使黎庶昌之父黎恺，出自耕读为本的书香世家，终身执教，桃李满天下。黎庶昌多得益于伯父黎恂，受其熏陶颇深。黎恂乃清嘉庆年代进士，任浙江桐乡知县。但其志存高远，不愿为官，任上经年即弃官回乡，埋头学问，传授学生，著作等身。采风团中的著名诗人黎焕颐便是黎庶昌第四代孙，黎老年逾七十，坎坷半生，诗如人品，家乡情深。

汽车驶进沙滩，村人们蜂拥而上，时逢三贤祠进行修缮，人们正等着黎焕颐为三贤祠题写楹联。沙滩文化以郑珍、莫友芝、黎庶昌为代表人物，故称为三贤。黎老推辞不过，便与著名作家叶辛商议，由黎老撰文，叶辛开笔题写。黎老沉思片刻吟出：万法归宗历史独亲真善美，千秋论道沙滩幸有郑莫黎。叶辛笔走龙蛇，以苍劲飘逸的书法写下了这副楹联。

沙滩文化并非地域性文化，而是中华传统文化中的一枝奇葩，是一笔宝贵的历史遗产和精神财富。沙滩文化的独特性，在于它的"狭"和"纯"上。狭指它的文化概念，不包括政治、经济、军事等方面的成就；纯是指它的以"理论先行"的人文文化和人文精神。与中原、湘楚、巴蜀文化比较而论，沙滩纵横不过两公里多，然沙滩文化成就令人刮目，其内容广涉经史、诗文、音韵、地理、训诂、版本目录、科技、金石、书画等十多个领域，著作达二二一种、两千余万言，学术成就达到全国一流水平。更令人感怀的，是沙滩的人文精神。文化的积累和沿袭，表现在人的行为中，成为一种精神。沙滩文化人历来崇尚布衣耕读，诗书传家，正直磊落。历史的发展和变更，可以造成文化的兴衰，却改变不了人文精神的不朽存在，尤其在物质生活丰富的今天，一种精神的凸显更为重要。

## 名城遵义

遵义给人的第一印象，是它整洁的街道，是它连片成荫的绿化，是它给予的一份淡淡宁静的享受，绝无闹市的喧嚣，还有擦肩而过的路人，向你露出的微笑。

遵义因 1935 年改变中国命运的一次会议而闻名于世。六十八年后的今天，遵义不仅是因"会议闻名"的破旧小城，而且是一座现代化的美丽山城。遵义依山傍水，滔滔湘江将新区和老街辟分成两个截然不同的景观。新区高楼林立，老街古貌依然。这是两种文化的相容，更是一种思想意识的传达：沙滩文化悠久积累辐射，遵义民风淳厚，人民勤劳朴实；漫步古风习习的老街，看到最多的是书店，社会文化的凝聚和体现，在这里随处可遇。

凡来遵义的人，都不会错失看一看"遵义会议"会址的愿望，或许人们都会思考一个问题，该如何告慰红军山上的英魂？

改革开放给遵义带来了翻天覆地的变化，经济发展的成果，在一条条宽畅的街道上；在一辆辆与时俱进的汽车上；在一幢幢拔地而起的高楼上；在百货商店琳琅满目的橱窗里；更在人们挺直腰杆自信的笑容里。而这一切，正是英烈们为之奋斗的夙愿啊！

特别值得一提的，是遵义市对自然生态的重视和保护。为了使遵义这颗云贵高原上的明珠永远闪烁，遵义人民万众一心，共同筑起生态保护屏障，退耕还林，退地还湖，杜绝一切污染源。正因为如此，才有了遵义的青山碧水，才有了今天的游人如织。遵义境内多美景，旅游业方兴未艾。不难预见，随着旅游资源和配套设施的进一步开发建设，遵义的明天将更加炫目。

## 神奇的茅台酒

赤水河流经茅台镇的那一段，被誉称为美酒河。早在50年代，周恩来总理就指示，茅台镇上下一百公里不得有工业污染。好水酿好酒，加之独特的酿造工艺，才有了这经久不变的甘醇琼浆。采风团来到茅台镇，就听说了这样一个真实的故事：

1915年，茅台作坊的业主带着茅台酒，来到巴拿马参加万国博览会。土瓦罐装的茅台酒，跻身于各种新式玻璃瓶装的洋酒中，参展几天不仅无人问津,甚至没人看上一眼。这位业主急中生智,佯作不小心碰摔了瓦罐,顿时酒香四溢,引来一片称赞。就在这届万国博览会上,茅台酒荣获金奖,首开民族品牌获国际大奖的先河,从此驰名中外。

茅台酒采用传统的酿造工艺,端午踩曲、重阳下沙,经两次投料,七次取酒,八次发酵,九次蒸煮,尔后,再经五贮存老熟。一瓶茅台酒从生产到出厂投放市场,历时整整五年,这也是茅台酒产量有限的主要原因。

用神奇来赞誉茅台实不为过,周总理曾对日本首相田中角荣介绍:"茅台酒比伏特加好喝,喉咙不痛,也不上头,能消除疲劳,安定精神。"

据现有的材料证明,茅台酒含有200多种于人体有利的微量元素。著名肝病专家程明亮专门就茅台酒对肝脏的作用进行了研究,结论是"茅台酒诱导肝脏MT含量增加,可能是抑制了肝纤维化发生的重要机制之一"。

"有朋自远方来,不亦乐乎。"茅台酒厂是极热情好客的,董事长季克良、总经理袁仁国向采风团的每一位成员敬酒。美酒催发诗情画意,艺术家们纷纷吟诗作画,感谢主人的盛情,赞美国酒茅台。著名实力派画家唐天源伏案十个小时,徒手绘就十九米长的巨幅线描人物画《酒颂》。这幅以酒为主题的作品创意独特,布局恢宏,构思巧妙,表现手法极为洗练。"19"谐音"要酒",画中十九个人物神态各异,活灵活现,形体动作均与酒有关;十九个道具画中有画,也与酒相连。尤其是最后那位手捧小麦和高粱的绝色少女,与茅台酒飞天标识中的仙女呼应,更加烘托了主题。以"酒"入画不难,真正画出酒文化之精灵不易。诗人黎焕颐即兴在画上题跋:三顾茅台天下醉,千秋诗酒故乡情。袁仁国总经理高兴地说:这是我厂收藏到的最大一幅珍品。

## 赤水流长

　　有人说黄山归来不看山，织金归来不看洞。我确实想说，赤水归来不看景。当然，这些话未免偏颇。黄山以险取胜，织金洞以奇见长，各有观致，而赤水之美在其自然生态的天成。

　　赤水是恐龙的故乡，两亿年前第四纪冰川运动，使恐龙遭受灭顶之灾，而与恐龙同时代的桫椤树却顽强地生存至今。这一珍贵树种被列为国家一级保护植物，唯赤水独有。同样因为第四纪冰川运动，形成了丹霞地貌特征，地层断裂变为千丈壑涧，岩石碰撞成了两座相拥的山峰——可以说，赤水多奇景，都是大自然的造化馈赠。

　　采风团在赤水的日程安排仅两天，要想看遍赤水的美景，这是远远不够的。就四洞沟一处，单向行程八公里，且一步一景，千姿百态，美不胜收。情有独钟处，我驻足巨岩，抬头仰看十丈洞飞瀑，难抑由衷赞叹之情。此瀑高七十六米，宽八十米，落差虽不及黄果树瀑布，但其秀中含幽的情趣，非黄果树瀑布所有。我要说，想感悟高山流水、空谷幽音的意境，请到四洞沟来。

　　赤水河源之云南，流经贵州，奔向长江。站在赤水河边，静心屏息，可以听到历史的回音，听到赤水河轻轻诉说红军四渡的壮举，令人肃然起敬。

　　满怀依恋之情告别赤水，想起年轻的女市长说的话：古老的赤水市在改革开放中新生，新生的赤水市和全国人民一起，奔向更加美好的明天。

　　是啊，明天一定会更美好。祝福你啊，贵州！

# 圆头村里过元宵

飞机在福州长乐机场降落，曾元沧因母亲病重脱不开身，只得委托朋友开车来接。两个多小时以后，汽车驶入莆田华亭镇，街上人来人往，熙熙攘攘，隔着车窗也能感受到元宵节的气氛。穿过镇区，翻越一个山头，便看见了一条清亮的溪流。似乎有点眼熟，随即想起元沧笔下描述过的木兰溪，水自山上流下，溪中间有几块岩石，木桥是长长的，与眼前的木兰溪一模一样。

年前，曾元沧九十一岁高龄的老母亲不慎摔倒，病情告急，他匆匆赶回莆田老家。其间因工作的事，返回上海忙了几天，马上又要走。临行前他和我见了一面。他说母亲时日无多，希望能熬过正月十五，老家有闹元宵的传统习俗，不要影响了村里的节日气氛。那时我就萌生了去看看元沧母亲的想法，随后与几位朋友谈起，他们一致响应，都说要去。我给元沧打电话，他说路途太远，心意领了。我说一是看看你的父母，再是看看你老家闹元宵的情景，他不好再推辞。

步入圆头村，家家门上贴春联，户户檐下挂灯笼，鞭炮声此起彼伏，一派节日气象。相形之下，元沧家就显得很冷寂，他的父亲病瘫长年卧床，他的母亲一息尚存，处于半昏迷状态。元沧给母亲掖了掖被子，手很轻很小心，生怕弄痛了老人。我知道，作为这个家庭唯一的儿子,他心上和肩上的承载。

吃了晚饭,元沧领我们去看莆仙戏,他说这是村里闹元宵的传统节目,即便在困难时期,家家凑份子也要把戏班子请来。演出地点是村里的一块空场地,大家都坐在自带的板凳上,黑压压一片。我们到的时候戏已开演,是一出古装剧,对白、唱词均是莆田话,虽然有字幕说明,但我们无法领略到唱腔的韵味。然而,圆头村的男女老幼都很专注,完全沉浸在剧情中,不时地响起掌声和喝彩声。在电视节目极为丰富的今天,圆头村依然保持这种传统,让我们几个外乡人感觉意外。

第二天,村里一位退休的中学校长来邀我们去看"神社"。此前听元沧介绍过,"神社"是闹元宵的主要活动之一,"神社"光临家门,消灾去难,造福全家。这天"神社"恰恰光临老校长家,他早早起来,带领全家做好迎驾准备,打扫卫生、布置供品等等。我们在老校长家看见,客厅上方悬挂着"新春大吉"彩绣,八仙桌上摆满了荤素供品。"神社"驾到三响礼炮,锣鼓喧哗,老校长一家老小恭敬地迎出门去。只见道士在前,一群抬棕轿的小伙子随后,浩浩荡荡跨进门来。道士在供桌上做各种仪式,口中念念有词;庭院里,马尾松干枝燃起烈焰,抬棕轿的小伙子在火上穿梭跳跃。整个仪式约半小时,接着"神社"移驾到另一户人家,周而复始。

我第一次亲眼看到"神社",很有点诧异,这类活动随着时代的进步早已匿迹,但在圆头村却近乎完整地保留。老校长看出我的疑惑,他说,圆头村"神社"历经千年,形式沿袭古例,实质祭祀祖先,棕轿里抬的就是先人。如果我理解准确的话,棕轿象征圆头村的历史和人文,但我同时意识到,在现代文明的冲击下,如此执着地固守传承,无疑是一种奇特。

随后几天,路遇互不相识的村民,他们一定会礼貌地微笑致意。更让我难以置信的是,圆头村家家夜不闭户,"防人之心"在这里显得多余。感觉更深的是，人多地少，并不富裕的圆头村，洋溢着祥和的气息。不仅如此，这块土地上人才辈出，像曾元沧那样考上大学、走出家乡、在外地工作的教授、博士就有八十多位。现在村里年年都有一两个后生，考上清华或北大。其实这一切说来并不奇怪，圆头村素有"文化绿洲"之称，历来崇尚耕读，世代注重教化，有史为证，一门曾先后出了四个状元。置身于此，我显然感受到了一种传统的存在，既无形又有形，既是久远的，又是现实的。

　　临别前一天，我们坐在元沧家房顶的平台上喝茶，这里可以将群山环抱的圆头村尽收眼底，那些掩映在枇杷树和桂圆树绿荫下的农家小院，透溢出乡居的宁静。用取自木兰溪水沏泡的铁观音，茶香格外浓郁，浸润着浓浓的乡情。此时此刻我才明白，为什么元沧笔下的乡情散文那样感人，只因为他是圆头村的后代。

# 挚友苏元族

福建莆田，中国民营医院的摇篮。苏元族，最早的发起者和参与者之一。由于富庶的莆田东庄上了中央电视台，一时里民营医疗机构成为舆论热点，引起全国甚至世界关注。

历史尚未走远，回眸四十年前，莆田人多地少，大多数家庭食不果腹，衣不御寒，生活异常艰难。"地瘠多栽树，家贫勤读书。"莆田人具有吃苦耐劳、勤俭持家、注重教育的传统，天资聪慧，勇于开拓。当改革开放大潮滚滚而来，经济挣脱了单元模式束缚，社会医疗资源不足的矛盾凸显，聪明的莆田人抓住机遇，大胆尝试民营医疗。他们走出去，到人口集中的大城市，引进医疗技术和设备，办诊所，或与国有医院合作办专科，就是所谓的"院中院"。

苏元族最早从美国引进超声乳化白内障，这项先进的医疗技术，解决了临床上的老大难问题，治愈率达95%以上。此举足以说明苏元族不凡的智慧，以及对国际医疗状况的关注和了解，以一己之力，填补了国内医疗空白，让无数白内障患者重见光明。不得不说一句，由于体制原因，国有医院不便直接从国外引进技术，滞后于需求。有需求，有市场，就有存在和发展。很快，莆田人办的小诊所，乃至"院中院"，遍及全国各地，大江南北，犹如早春里破冰而出的野花，抑或说是一朵鲜艳的奇葩，撼动了数十年来一成不变的医疗体系。

2000年新世纪，我陪一位亲戚到瑞金医院就诊，挂号大厅人山人海，每个窗口排队达数百米之长。好不容易找到一个座位，让患病的亲戚坐下，再去排队挂号，挂上号已经过了一个多小时。候诊同样排队，等叫到号，医生看起来倒挺快，就是开个验血单。抽完血被告知，报告需要五个工作日，加上中间的双休日，足足一周以后才拿到。然后又是排队挂号，排队候诊，医生看了报告，说要做穿刺检查，可是穿刺要排到二十天以后。如此这般，将近一个月过去了，都说病要及时治疗，此乃基本常识，可现实是非但不及时，客观上反而加重了病情，甚至延误了最佳治疗时间。这就是老百姓看病的现状，绝无一句不实之言，经得起验证。

在改革开放的大背景下，计划经济向市场经济转轨，民营医院应运而生。由于医院是特种行业，医疗关乎健康和生命，尤其长期依赖国有医院，固定观念难以改变，民营医院从开始就处于争议中，众说纷纭。任何新生事物，都会经历被认知，被接受的过程。2003年，苏元族在上海普陀区大渡河路上，置地盖楼，兴建了一所环境舒适、设施先进的综合型医院，可是就医者寥寥，简直门可罗雀。十五年后的今天，同样的一所医院，却门庭若市，日平均就诊量达三千人以上，切实为市民、特别是周边的老年人，提供了便利的医疗服务。不可否认，民营医院有良莠，参差不齐，根本取决于经营者。苏元族投身医疗行业，首先确立一个理念，办医院是一件长期的事情，要想赚钱，急功近利，就不要来做医院。他办宏康医院，树立长远目标："以民为天，以德为先"，创百年名牌。他更知道创医院名牌，需要医疗人才，因此花大量精力引进人才，并且与上海市肝胆胰疾病治疗中心合作，在宏康医院设立分中心，手术治愈了许多肝胆胰疾病患者，包括癌症。当先进的微创手术兴起时，宏康又走在民营医院前例，率先进行肾、胆结石等微创手术，受到广大患者充分肯定。苏元族十分重视传统中医药治疗，聘请有名望的中医师加盟，治疗效果显著，使中医成为宏康医院的一个重点科室，获得行业颁发的多种奖项。

十分遗憾的是，事隔多年，瑞金医院人满为患的现象，非但没有改观，甚至更为严重，其他甲等三级大医院的情况基本相同。病人信赖大医院的心情不难理解，其中不少外地慕名而来的，相关部门并非熟视无睹，也想了各种办法，但收效甚微，勉力维持现状。有人提出民营医院既已纳入医保体系，具备条件的应该允许做一些较为复杂的手术，譬如上述的穿刺检查，可为患者解决实际问题，无需再等二十天，耽误了治疗，更何况现代医学仪器的作用愈来愈大。可是政策开放循序渐进，民营医院自筹资金购买大型医疗设备，尚需等待政策许可，我想当产妇允许民营医院接生的那天，大概政策就放开了。

去年冬天，苏元族先生邀我去他的家乡福建莆田小住，看看海，游一游湄洲岛，还出席了他在家里举办的感恩酒宴。这是一次愉快的旅行，感受良多。莆田地处海边，海边成长起来的人胸怀开阔，热情好客，每到一处都看到相迎的笑脸，都拿出最好的东西款待。莆田人传统家族观念根深蒂固，尊敬长者，讲究孝道，蔚然成风。苏元族的双亲已经过世，他常怀感恩之心，举办感恩家宴，首先感恩父母。我与元族先生相识至今二十年，了解颇多，他经过艰难磨砺，感悟人生，纵然事业有成，本色一如既往，诚实做人，诚心做事，不贪图享受。感触特别深的是，他重情重义、一腔热忱，乐于助人，宽容待人，是一位难得的知己挚友。

海边建起了观景步道，距离苏元族的家不远，临离开的前一天下午，我独自漫步海边。辽阔的大海波涛起伏，一泻千里，犹如历史潮流滚滚向前，不可阻挡。我期盼有一天，老了病了，就诊不再排长队，不再来回折腾，疾病能够得到及时救治。我的期盼，不算是太奢侈的期待，也一定是千千万万普通民众的期盼。

# 松兰山上杨梅红

江南黄梅雨纷纷。又到了吃杨梅的时节，松兰山上杨梅满林，一颗颗压弯了枝叶，鲜艳欲滴。当年苏东坡啖之有言："闽广荔枝何物可对者，可对者西凉葡萄，我以为未若吴越杨梅"。

古时吴越为浙江及江苏一带，河姆渡遗址考古发现七千年前野生杨梅存在，因此有了"余姚杨梅冠天下"之说。其实浙江多地盛产杨梅。

松兰山在浙江象山境内，距县城九公里，系天台山由西向东奔入大海的余脉。大自然神奇造化，在这里形成了曲折的港湾、岛礁、山岬和沙滩，海蚀地貌又使沿岸礁石林立，千姿百态。旖旎的山海风光，幽静的岛礁港湾，海水退潮过后，漫步在黄金般的细沙滩上，只留下一行浅浅的脚印。沉浸在美景中的游客或许不知道，这里曾是抗击倭寇入侵的战场，屹立在海滩上的抗倭名将戚继光塑像，怒目圆睁，威武不屈。至今流传着一则真实的故事，当年戚继光率部驰援遭敌强攻、危在旦夕的港口镇，部队一路急行军，正值农历五月，烈日当空，将士们个个汗流浃背，但随身携带的饮水已尽。军情急如火，容不得半点延误，戚继光下令去除铠甲轻装前进。只见一群村姑挑着杨梅赶来，顿时士气大增。村姑来自松兰山，止渴解热的杨梅产自松兰山，部队大胜凯旋。戚继光上奏朝廷战报，言及此事，十分感慨，称民乃国之基石矣！

我来松兰山，是应象山籍诗人韩正琦的盛情邀约。他在电话里将松兰山很是赞美了一番，诗人的语言充满鼓动性，还说松兰山的杨梅可不一般噢！我与正琦相识缘于一次突发事件，贵州《山花》杂志主编何锐到浙江开会，其间不慎摔倒，当时在场的作家张承志等人急忙送医救治，诊断为颅内出血。我稍后得知，从上海赶去杭州，手术已经顺利完成，在病房里见到了正琦，他是与会者，事发以后日夜陪护，直至何锐康复出院。作为何锐的亲友，我自然感激不尽，况且如此重情重义的人谁不喜欢，我们成了朋友，交往至今情谊愈深。

正琦引领我等一行，沿景带观光路步行盘山而上，碧波奔涌的大海近在咫尺，拍岸浪涛清晰可闻，山脉延伸到海里，形成九个突出于水面的小岛，呈一字排列。山海相连，是松兰山一道独特的景致，舍其别无。离开大路进山林，光滑的青石小径弯曲起伏，这是种杨梅的人祖祖辈辈走出来的。终于到了杨梅林，大家没顾上喘息，纷纷攀枝摘梅，大快朵颐。松兰山富饶的植被条件，为杨梅生长提供了足够的有机养分，不仅无污染可直接入口，而且颗大汁多，富含蛋白质、糖、钙、磷等多种维生素。特别是白杨梅，通体晶莹透亮，果粒饱满，甜酸适度，是杨梅中的珍稀品种。难怪明代诗人徐阶如此大加赞赏："摘来鹤顶红犹湿，剜破龙睛血未干，若使太真知此味，荔枝焉得到长安。"

晚餐正琦用闻名的象山海鲜招待，佐以绍兴黄酒助兴，其中一种贝壳，闻所未闻，当地人称佛手，鲜美至极，食之难忘。夜宿景区内的心海度假村，带着旅途和登山的疲惫，很快沉入梦乡。翌日，撩开窗帘不由一愣，凭窗面湖，一弯清澈的湖水就在眼前，夜里大概下过雨，对面山峦青碧如洗，万草千花。连忙走到外面的露台上，一股清新的空气扑面而来，略带一点点潮湿，不由贪婪地大口呼吸起来。

　　昨晚投宿，夜色迷蒙，此刻才发现这里原来真美，抬头白云翠岚，举步溪谷丛林。环湖而立的心海度假村主楼，是一幢五层欧式城堡型建筑，镂花大理石装饰，恢宏典雅。一幢幢度假别墅，散布于湖畔林间，感觉大自然与现代文明和谐地交融在了一起。一对年轻夫妇和一个女孩，在别墅门前的草地上嬉玩，女孩银铃般的欢笑声，清脆悦耳，传得很远很远。

# 增城美

到广州办完事,同行的小郭邀我去他的家乡增城。他将增城描绘得如诗如画,仿佛仙境,还吟了清代诗人李凤修的诗句:"南洲荔枝无处无,增城挂绿贵如珠。"增城又称荔城,是著名的荔枝之乡,传说何仙姑游增城,流连于荔枝林里,无意间将一条绿色绸带挂在荔枝树上,久而久之,绸带与树融合,长出的荔枝外壳上有一道绿色环绕,故名挂绿荔枝。时下荔枝正红,没道理不随小郭游一游增城,尝一尝贵如珠的挂绿荔枝。

出广州一路东行,个把小时车程便达增城,来接站的亲友众口叫阿杰。小郭名杰,广东人习惯名前置"阿",表示一种亲切。我印象中广东人大多个矮、陷眼眶低鼻梁,一位被阿杰称六姨的少妇亭亭玉立,明眸秀貌,活脱一个大美人,完全颠覆了我的印象。一方水土养一方人,增城众山环抱,森林覆盖率高达58%,清澈如镜的增江穿城而过,整个市区恍若一幅巨大的自然山水画,被誉为"中国和谐之城""全国绿色小康县(市)",生长在这里的人不美才怪!

还有一个不可忽略的因素,富裕也能致美。增城地处珠江三角洲经济圈中,与东莞隔江相望,联结广州、深圳、香港,有"黄金走廊"之称。深化改革开放,增城经济建设高速发展,名列全国百强县第九位,连续十年领跑广东县域经济。钱多起来了,生活质量自然提高，爱美的女性尽可去健身房美体，去美容院增色，去高档商厦购买最靓丽的服饰打扮，亦无可非议。

说来也巧，到增城正赶上荔枝节，市中心广场摆满了各色各样的水果，荔枝当然是主角。许多人慕"挂绿"之名而来，其中不少外国人，可是挂绿荔枝产量有限，供不应求。好在阿杰的家人早有准备，不仅让我敞开了吃，而且留了备份带回上海，真正是吃了还拿。挂绿荔枝确实特别，果大核小，果肉富含汁水，脆甜中带奇香，实属荔枝中的极品。当年杨贵妃非岭南荔枝不啖，所指的岭南正是增城这一带，喜啖的或许就是挂绿荔枝。

吃在广东此言不虚，一道并不特别的菜肴，经广东人手做来滋味就特别。增城人热情好客，阿杰的亲友则体现在"吃"上，让我大快朵颐，吃遍美味。最讲究的还是煲汤，食材虽多为肉禽类，但不油不腻，再辅以各种滋补中药材，既营养又鲜美。

到增城，白水寨非去不可，那是北回归线上的瑰丽翡翠，山高林密，奇峰秀色，简直太美。梁山伯祝英台化蝶，中国大陆落差之最的白水瀑布，相传为何仙姑化身，不然哪来这般鬼斧神工！最好亲自登临天南第一梯，九千九百九十九级石阶，一览众山小，不过要有足够的体力哦。

坐在回沪的机舱里，忽然想起日本作家川端康成的话："美是邂逅所得，亲近所得。"这话恰如其分地概括了我此番的感受，增城果然美啊！

# 长沙一日

秋高气爽，我与资深报人曾元沧先生、知名书法家钱建忠先生，以及鲁院同学邓燕女士，一行四人搭乘动车，由沪上抵达长沙。

此行是应邓燕所邀，她生在岳阳，长在长沙，虽已移居上海多年，不变湘女特有的气质性格，爽直而不乏细致。此邀早就发出，可是元沧先生一向很忙，拖延到现在方成行。更令我高兴的是，还有一位久别的鲁院同学，当年班上最年轻漂亮的才女诗人张富返，相约岳麓山下，橘子洲头。

邓燕的胞弟邓虎来接站，一位受楚湘文化气息氤氲的中年人，文质彬彬，热情有加。他合理安排，丰富游览，利用晚餐前的一小段时间，领我们逛了太平街。那是一条千年古街，被脚底踏平磨光的石板路，承载着厚重的历史；静静地矗立于街角的贾谊故居，几度遭遇战火焚毁，几度重修，见证三湘民众对文化的崇尚，并且代代传承，因而造就了"唯楚有才"。

暮色四合，街灯初放，假著名食肆火宫殿，邓虎先生为我们一行接风洗尘。火宫殿集民俗文化、火庙文化、饮食文化于一体，特别是风味小吃享誉三湘。因此，有"到过火宫殿，吃遍全湖南"之说，可见主人颇费心思，一片诚意。凉爽的晚风从窗外拂来，美食加美酒，令人陶醉。尤其吃了红烧肉，满嘴生香，拍案叫绝，难怪老人家那么喜爱。酒虽属偶然发明，然从此便形成多种功能，能御寒，能助兴，还能催生诗人的灵感，所以才有了李白举杯邀月的浪漫，有了辛弃疾醉里挑灯看剑的豪情。我好酒，还自以为有点量，每饮欲达酣处尽兴。倒是难为了热心好客的邓虎先生，豁出来相陪，真是好酒遇好人，千杯不觉多。快哉快哉！

晴朗的夜色下，漫步湘江畔，水面倒映两岸灯火，满江流溢七彩霓虹，夜航的船只缓缓驶来，渐渐远去，让人生出无尽的思绪。明天去韶山，瞻仰诞生伟人毛泽东的一方圣土；还想寻踪汨罗江，凭吊忧国忧民的诗人屈原。此行另有一个去处——曾国藩故居富厚堂，我一直很好奇，这个镇压太平天国的刽子手，却是一个崇尚道德、严格自律、两袖清风的人物。而那个拥有九十八名挢夫、成千上万嫔妃，生活极度奢侈的天皇洪秀全，依然享有农民起义领袖的地位。再往前追溯几百年，张献忠占据成都期间，大开杀戒，大肆掠夺，暗无天日，数十万人口的城市，被杀的仅剩下几万人。传说中的"江口沉银"，已然成为真实，足以见证这位农民起义领袖是多么的富有。

为争取生存权而斗争，无可厚非，但是纵观历史，这种斗争的成果，往往被一部分人窃取，因而产生质变，他们成为新一轮统治者、权贵，继续压迫绝大多数人。

当然，我还要去一次花明楼，参观刘少奇的故乡，我想那里的父老乡亲应该不会淡忘，更不至于好了伤疤忘了痛吧。待折返来，再访岳麓书院，再登爱晚亭，好好欣赏深秋时节的满山红叶……我对三湘之旅充满期待。

# 敬亭山遐思

敬亭山位于安徽宣城市境内，素有"江南诗山"之称。南齐年间，时任宣州太守、大诗人谢朓（464—499年）常游览此山，写下许多诗赋，热情讴歌赞美。可惜谢朓被诬陷入狱，三十六岁死于牢里，诗赋文章大多失传。步继谢朓之后尘，历代踏访敬亭山的诗人络绎不绝，尤以唐宋最盛。李白七上敬亭山，白居易、王维、苏轼、欧阳修等文人雅士，均在此留下足迹，著有诗词文章近千篇。

若以山川壮美、风景秀丽而论，敬亭山不及黄山峻峭，不比庐山清秀。但在当年，敬亭山的名声却远在黄山、庐山之上，达到了游人趋之若鹜、"吟无虚日"的盛况，是一座名副其实的诗山。

步入山门，迎面高耸四柱三开大牌坊，上书"敬亭山"三个刚健古朴的大字，系著名书法家楚图南亲笔。过牌坊，踏台阶，拾级而上，青山板铺就的小径犹如云梯盘旋，时而平坦，时而陡峭，看似入绝境，却又峰回路转。敬亭山自古林深树密，小径两侧枝繁叶茂，老树苍劲，竹林成片，漫山遍野。十分令人痛心的是，"大跃进"年代，毁林砍树大炼钢，自然生态遭受严重破坏，数百年的松柏、香樟、白柏毁于一旦，其损失难以估量。相传李白亲手栽种的六棵松柏，植于玉真公主居所院内，亦不得幸免。

玉真公主系唐明皇李隆基胞妹，天生丽质，聪慧过人，能诗善画，尤擅乐律，弹得一手好琴。正是青春妙龄之时，却远离京华，踏上敬亭山，遁入空门，削发为尼，终日布衣素食。据说公主出走原因有二，一是不满李隆基为其择婿，逃婚而走；二是难以忍受太平公主的专横独断，令人侧目其穷奢极欲、淫逸无度的生活景状。此两种说法俱无从考证，但玉真公主上敬亭山为尼，号持盈法师是真。她当年提水饮用的泉井至今还在，仍然涌流不尽；她的坟墓抔土为埋，占地不足两平方米，当是出家人的清贫。

李白七上敬亭山，与玉真公主有关，两人为挚友，交情深厚，常长谈达旦，纵古论今，吟诗赋文。作为同时代的人，李白和玉真公主出身、经历各不相同，甚至天壤之别。玉真公主仰慕李白的才华，豪爽奔放的性格；李白赞赏玉真公主无欲无求，心如止水，平民化的境界。"安史之乱"，李白受牵连被流放，玉真公主上书遭斥，愤而自弃公主尊号，可见对李白的一片真情厚谊。李白吟出千古绝唱："众鸟高飞尽，孤云独去闲。相看两不厌，只有敬亭山。"传达的同样是一片真情厚谊，在他的心目中，永远看不厌的只有玉真公主。李白为玉真公主手栽六棵松柏，意谓情义常青，玉真公主将自己饮用的井赠与李白，有井旁的碑文为证，寄希望留住李白，意犹真切。相传玉真公主闻李白死讯，坐化圆寂，传说虽不可信，但史料记载，玉真公主与李白卒于同年。敬亭山之所以令人向往，正是因为有了这千古绝唱，有了这永远说不尽的趣闻美谈和人文景观。

唐大中年间，玉真公主身后百年，民众为纪念这位出自皇家、以佛为伴、普度众生的持盈法师，集资建起一座尼姑庵，名翠云庵。千百年来，翠云庵几度修葺，得以幸存，为敬亭山的重要景点。"李白独坐楼"建于晚清，是李白独坐山顶，看浮云飘游，吟出千古绝唱之处。"独坐楼"1931年被洪水冲毁，1933年修复，日本侵华期间，又被日军炮火焚毁，现在所见的"李白独坐楼"是1989年照原样重建。

敬亭山尚存古迹四十余处，除已提及的几处，还有双塔、十贤寺、广教寺、穿云亭、额珠楼、勒诗石等，尤以宋代双塔最为著名。双塔集唐宋建筑风格之精华，四方形平面，东西对峙，俨如华表，古意盎然，在我国现存古塔中极为少见。双塔里均刻有苏轼手迹《观自在菩萨如意陀罗尼经》，非常珍贵，属国家一级保护文物。敬亭山还是"黄山画派"发祥地，石涛曾在山中广教寺蛰居十年，苦心绘画，一举成名。

敬亭山不谓高，海拔约三百多米，然登临山顶，乃有突兀拔起的感受。皖南地势平缓，丘陵连绵，所见之处具无峰，惟敬亭山独高。放眼极目，楚天吴地，古邑新貌，水阳江绕山东流，宣州城尽收眼底。凭栏怀古，睹物思旧，历史的烟云扑面而来……

敬亭山最美是春天，满山盛开桃花、梨花、杜鹃花，如云如雪，姹紫嫣红，蔚为壮观。

## 滁州三记 扬州、天长、

　　扬州归江苏所辖，天长和滁州属安徽，虽为两省地界，实际毗邻，近在咫尺。

　　这些年来常常去扬州。扬州的确很美，历史悠久，人文景观丰富，看不完，游不尽。然扬州令我向往还另有因缘，有道是主勤客常来，扬州有位热心的好友牛多雷。

　　今年夏初又去扬州，是应德高望重的邹一兵先生所邀，同行还有踏实能干的企业家何明陆先生。此行并非扬州游，而是因为一兵先生的战友、军中书法家孔见将军于故乡扬州举办作品展，我们一行前往观展学习。曾在上海得识孔将军的风采，谦谦君子，平易近人，学问渊博，出言锦绣。很巧，明陆先生祖居亦是扬州，轻车熟路，恰恰朗日晴空，满途顺风。

　　正是旅游旺季，多雷提前作了安排，就近书展所在瘦西湖徐园，下榻古色古香的二十四桥酒店。有关瘦西湖二十四桥名称由来，存在多种说法，莫是一衷，其实并不重要，杜牧的诗最让人销魂：青山隐隐水迢迢，秋尽江南草未凋。二十四桥明月夜，玉人何处教吹箫？——二十四桥酒店有玉人，就在大堂的正门口，汉白玉雕的美人对月吹箫，夜风掀起飘飘衣摆，令人生出无尽的遐思。

　　徐园原址桃花坞，为当年执掌扬州的军阀徐宝山而改建，故名徐园。徐宝山只是白驹过溪，历史片断中的一缕烟云，而徐园将与中华传统文化一样，永久存在。孔将军亲自陪同观展，徐园挂壁龙飞凤舞，琳琅满目，我简直不敢相信这一幅幅既有传统根基，又富艺术个性的书法作品，竟出自一位将军之手？事实如此，毫无疑问。以我浅识陋见，孔将军的书法造诣已臻高度，隶、楷、行、草全能，且笔笔到位，浓墨处见遒劲，细微中犹显儒将气质，可谓融古朴、雄健、典雅于一体，刚中有柔，拙里带秀。

当晚孔将军在故居江都宜陵，设宴款待我们一行，他的几个侄子侄孙作陪，待客热情周到，气氛融洽愉快。古镇宜陵经历了七千多个风雨春秋，曾几度更名，相传隋炀帝下扬州，随行的宜妃因病去世，葬于此地，故改名宜陵，沿用至今。宜陵人杰地灵，历来才子辈出，近代犹以乾隆帝师、名臣景考祥为代表。现有景考祥书法作品传世，巍巍大观，宜陵人不仅引以为荣，更争相效仿，耕读传家，孔将军自幼习书大概也深受影响。

原计划第二天离开扬州，可是热心的牛多雷再三挽留，盛情难却，恰好是周日，多雷陪同游览个园。个园系清朝盐商黄至筠于1818年，耗资六百万两银子，于明代寿芝园的基础上拓建，为扬州众多园林中最精致，最著名，但凡来扬州的人大多不会错过，在此不赘述。只想说几句题外话，六百万两银子，是当时江苏全省一年的赋税收入，足见黄至筠富可敌国。然而，当财富被极少数人囊括，社会必然失去公平公正，贪腐如蛀虫一般掏空国家基石。从黄至筠的盛极一时，到清王朝走向灭亡，不过区区几十年，这是值得思考的问题。

此行第二个目的地是安徽天长。时逢知识青年上山下乡五十周年，一兵先生的夫人倪琳女士当年插队天长，相约插友故地重游，寻找遗留在那里的青春年华，已先行一步，我们赶去会合。我也是知青，下乡在黑龙江，也有人提议趁五十周年纪念，重返第二故乡。可是路途太过遥远，大多数人退休养老金微薄，故未成行，但我充分理解作为知青的心情。

扬州距天长五十多公里，没有直达高速公路，耗时虽多了些，却别有一番滋味。穿镇过村，逢河跨桥，满目田陌纵横，乡居炊烟袅袅，还有放羊的男孩仰躺在草地上，望着蓝天发呆。途中一兵先生收到倪琳女士发来的照片，她在当年居住的屋前屋后觅踪，在庄稼地里负荷，在弯弯的小河撑船，一脸灿烂笑容。这些都是知青曾经的生活景状，不同之处在于，那时的汗水和泪水，乃至是是非非，已被岁月悄悄掩埋，回首过往，记忆中的青春时代总是甜蜜的。

抵达天长已近午时，稍事休息，便坐上了当地两位中年姊妹备下的宴席，她们盛情接待当时的知青，我们一行借光蹭饭。岁月荏苒，时光如梭，当年的知青已然华发盖头。不过我有点疑虑，插队的村里该有男人，怎么偏偏是两姊妹出面，何况那时她们还少不更事。我的疑虑很快释怀，姐妹俩向客人敬酒，妹妹动情地说，当年若不是倪琳大姐救命，我早就不在了。她眼含热泪说起了往事，那年她才两岁，不知道得了一种什么病，吃不下饭，整天昏睡，瘦得只剩下一层皮。乡里缺医少药，县医院也束手无策，父母绝望了，只能听天由命。倪琳不忍心看着幼小的生命夭折，想把她带到上海诊治，有人好意劝阻，倪琳也考虑到现实问题，孩子要有母亲陪伴，可是家里住房并不宽畅，此外当时农民生活很困难，拿不出医疗费用。但她没有犹豫，因为生命是最宝贵的，毅然决然地付诸实施。上海医院检查诊断白细胞极低，情况非常严重，幸好及时救治，挽回了女孩的生命。经过一段时间治疗，终于恢复健康，正常地生活、学习，现在天长电缆厂工作。

在座的知青当然知道，但事隔多年，这位眉目清秀的妹妹动情地倾诉，满怀感恩之心，仍然令人感动不已。善良是人类最重要的品德，也是人性的最高境界，特别是作出舍弃和牺牲的善良。孟子有言：爱人者，人恒爱之；敬人者，人恒敬之。

早就知道醉翁亭，也读过欧阳修的许多诗文，心有向往，却因种种原因没有成行。前年去河南，回程途经滁州，只需驶下高速公路，即可上琅琊拜醉翁，偏偏说话忽略，错过了下匝道。我想下一个路口返回，可是同行的小刘新婚，归心似箭，只能作罢。

此行第三个目的地就是滁州，当然不会再错过，况且我与永叔有一同好——好酒。当年智仙和尚有言：太守与客来饮于此，饮少辄醉，而年又最高，故自号曰醉翁也。欧阳修于庆历五年（1045年）任滁州太守，时三十九岁，翌年写下千古名篇《醉翁亭记》，滁之山水得欧公之文而愈光。古人觅山水壮美而来，留下了足迹和文赋，经过风雨岁月沉淀，成为今人所景仰的历史人文景观。当下各地大力开发旅游产业，纷纷打造景点，重视历史人文，连臭名昭著的潘金莲竟也成了抢手货，一时身价百倍，我想她在坟墓里也会笑出声来。

五千来年的封建制度，帝王出于统治目的，历来禁锢思想，封锁言论。即便如此，各朝各代仍然涌现爱国爱家，淡泊名利，蔑视权贵的文人群体，留下了浓墨重彩的历史记载，欧阳修无疑是其中之一。比较而言，宋朝重视文人，吏治较为清明，唐宋散文八大家中宋占了六大，欧阳修为宋宗祖。他在太守任上，施行重德轻法的"宽政"，把滁州治理得井井有条，人民安居乐业。欧阳修官至龙图阁直学士、光禄大夫，依然保持文人风骨，一身正气，两袖清风。不过也有一些文人，入仕前被人称道，学者智库型，人品文章皆好，入仕后却变了，官越做越大，变化愈大，到最后一副太监奴才嘴脸，叫人鄙视。官场从来是个大染缸，进去白出来黑，绝非少数，因为利欲熏心，完全丧失了文人风骨。

欧阳修好酒，动辄醉，酒量有限。醉翁之意不在酒，在乎山水之间也。山水之乐，得之心而寓于酒也。细读《醉翁亭记》，一点看不出遭贬的沮丧，抑或借酒浇愁的颓废，而是以寄情山水的快乐贯穿全篇，字里行间充分体现儒家传统思想"德惟善政，政在养民"。醉翁亭千年不倒，正是由于这篇《醉翁亭记》，正是由于欧阳修博大旷达的情怀。

　　流连于醉翁亭、二贤堂，还有那条弯曲的溪流，眼前仿佛浮现欧公当年的身影，他安坐亭中饮酒吟诗，他在溪流旁汲水煮茶……生命纵然有短长，生活纵然有贪富，地位纵然有高下，终免不了殊途同归。人赤条条来，赤条条去，带不走雕楼玉砌，荣华富贵，能够留下的惟有思想和精神的光辉，照亮千秋万代。

# 天龙屯堡

事先不知去何处，友人驱车将我带到一个名叫天龙屯堡的地方。那天下着细雨，从车里出来，顿时感到了一阵寒意。黔中素有"下雨当过冬"之说，果不其然，我后悔少穿了衣服。

同行的朋友兴致很高，拉着我跑到大门一侧，指着墙上的一块碑文说：你仔细看看就明白了。碑文是一首七绝诗：应天策马驰黔中，戍边息戈重商农。烽烟远逝屯堡韵，千载犹存大明风。诗文的内容是说，一支军队受皇帝之命来到贵州，战事结束以后务农经商。尾句说出这是发生在明代的事情。学过历史的人大概都知道，明朝江山初定，忽必烈的五儿子梁王把匝剌瓦尔密依然盘踞在云南边陲。明太祖朱元璋多次派出使臣劝和，岂料梁王自恃险远，拒不归顺，还将部分使臣残忍杀害。朱元璋怒了，于洪武十四年（1381年），调三十万大军征南，历时两年余平定滇黔，史称"太祖平滇"或"调北征南"。显然，天龙屯堡与此战事有关，或者说天龙屯堡始建于那个年代，用于屯兵作战。

进了大门迎面便是山，十分陡峭，路只能容两人同行。山道盘旋，越往上弯越多，立即使人联想到"一夫当关万夫莫开"的气势。待转过一个弯来，眼前竟然是一片平坦的空地，脚踏在地上，身体悬在山外，低头惟见断壁千丈，令我惊叹不已。导游告诉我们，这是瞭望台，贴山壁挑搭出去，是为了视线不受阻挡，可以随时观察来犯之敌。

登高临风，风呼如吼，隐约间，似可听闻金戈铁马战鼓声声，历史的烟云扑面而来——

屯堡经历了明清两代的战火，吴三桂和多尼率清兵进攻南明云贵地区，杀南明永历帝，也是在此期间。屯堡的最高一层，据说是吴三桂的指挥部和住所，他曾在此驻扎，后由黔入滇，当上了云南王。著名作家叶辛揣摩这段历史，撰文分析推论，吴三桂的小妾、江南名妓陈圆圆，最后流落并死葬于黔中（文章连载于上海《新民晚报》）。

作为历史的见证，屯堡默默挺立了数百年，也延续了数百年。当时调北征南的将士们，多为江淮人，他们的后代至今仍然生活在屯堡下的村寨里。当我们步入天龙镇，踏在青砖铺成的街道上，顷刻就会感觉到仿佛置身于某个江南小镇，看到的都是那么面熟眼热。一条由山上流下来的小溪与镇街平行，仿佛依河而建的江南水乡，河上架有拱形小桥，流水潺潺，意蕴悠远。屯堡四合院明显带有江淮特征，家家户户的门窗上刻有各种图案的木雕，相同建筑风格的住宅连成一片，几乎每个院落都植有花草，营造出的环境，明显带有传统江淮文化氛围。尤其是路边的那口老井，两级台阶，一道矮矮的井围，活脱就是从江南搬来。这就是被称为独特的屯堡人所保持的生存习俗，并且延续了数百年不变。

对于这种现象，民俗民风研究者认为，这与屯堡的军事性质有关。最早的屯堡人是军队，他们因作战入黔。后代的屯堡人是客居，与当地人比较，是绝大多数中的少数。为了不受侵犯，为了生存下去，他们惟有保持军队的性质，内部团结一致对外。这样就在客观上，限制了与外界的接触和联系。此外，从主观而言，他们不愿被同化，或许也是一种原因。

被称为中国戏剧活化石的地戏（又称跳神），至今尚未发现始于何时何地，但地戏却与屯堡人的生活共生互存了数百年。地戏的剧目大多宣扬忠君爱国思想，蕴含着屯堡人的江淮文化传统。更特出的是，屯堡地戏不演文戏只演武戏，充分体现屯堡人亦兵亦农的军旅特点。如果没有目睹一场地戏，实在是一大憾事。好在伴我同行的友人作了安排，热情的屯堡人为我们表演《穆桂英挂帅》。地戏演员着戏装戴面具，说唱念打，发音高亢激扬，舞姿灵活刚健，伴有金鼓齐鸣，场面热烈感人。不难想见，当时的屯堡人以地戏自娱，以地戏为精神寄托，更以地戏凝聚力量，得已代代相传。

历史上的"调北征南"造就了一大批杰出人才。安徽合肥人吴复时任怀远将军，征南平乱，战功卓著，后被追封为黔国公。同为安徽人的焦琴，远征云贵，时任威清卫（今清镇）指挥，两次参与平定西堡长官司叛乱。再如顾成、黄绂、周瑛、叶增光等等，都是"调北征南"的江淮籍人。特别值得一提的是革命先驱王若飞，也是"调北征南"人的后代。王若飞祖籍江南应天府，其始祖王二天征南入黔，历经百战，建立功勋，后代都在安顺一带居住生活。屯堡人的后代中，还有不少著名人士，如陈怀珍、韩文源等。屯堡人才辈出，根本是重视文化教育。从尚存的天龙学堂看，宽畅的庭院式布局，二层楼房的校舍，这在当时是很难得的，就说明了这一点。

作为旅游观光来到天龙屯堡，我感受到一份历史的浓缩和凝重。作为一种传统文化，屯堡文化将和所有原生态方式存在的传统文化一样，最终走向消亡。如今的屯堡是开放的屯堡，如今的屯堡人同样享受到改革的成果。以人文景观和自然景观取胜的天龙屯堡，无疑是旅游度假的好去处。

## 走马湄潭

"十一"长假我们一行去了贵州，游览黄果树、遵义会址等著名景点以后，便直奔湄潭而去。汽车刚进湄潭地界就看见路边立着一块大型广告牌，上面只有一句话：到湄潭去当农民！嗨，真新鲜。

来湄潭是看小何。去年春节前夕小何辞职返乡，大家都舍不得这个聪明能干的小伙子，特地为他聚餐饯行。小何说自己是农民，出来打工是暂时的，终究要回归那片土地，他热诚地邀请我们有机会去他的家乡看一看。

小何早已等在县城汽车站，我们坐上他开来的面包车，一路谈笑风生。汽车驶上一座大桥，小何告诉我们这是湄江河大桥，正是因为这条环绕县城、流经八乡、弯环如眉的河流，所以这里得名湄潭。我们纷纷探头，只见河水清澈如镜，缓缓流淌，岸边柳枝下的钓者宛如画中人。下桥没走多远，小何将车停靠在路边，我们一下车就看见一只直径足有二十多米的巨形茶壶矗立在高楼顶端。我们都曾喝过小何从家乡带来的茶叶，知道湄潭盛产茶叶，而且茶质优良远近闻名。早在上世纪三十年代，中央茶叶研究所就建在湄潭，可见湄潭茶的历史悠久之一斑。然亲眼看到如此巨大而逼真的茶壶，感叹之余更想赞美湄潭人巧夺天工。这只载入吉尼斯纪录的茶壶，已经成为湄潭县的标志性建筑。

接着小何又领着我们去了浙大广场，参观浙大西迁旧址。抗日战争爆发，浙江大学迁至湄潭长达七年之久。在极其艰难的环境下，竺可桢、苏步青、王淦昌等著名教授坚持办学，传播现代文明。对湄潭而言，这个特殊年代的风云际会，无疑增添了历史的厚重和人文内涵。不难想见，在那豆火如荧的夜晚，教授们喝着湄潭茶披衣夜读⋯⋯

驶离县城又是一番景象，山岭连绵碧绿如黛，吹来的风带着田野的清香，车窗外间忽掠过的白墙青瓦，掩映在林荫丛中。那些建筑的样式和风格几乎统一，门窗雕栏花格，莫非是投资商开发的度假别墅？小何说这就是黔北民居，这种住房不仅外形美观，宽畅明亮，而且保留了传统建筑冬暖夏凉的优点。他抬手指着前面：我家就住在那个山坳里，原来都是草顶木板房，这些年经济发展了，农民手里有了钱，就想盖屋造楼。县委、县政府鼓励大家建造黔北民居，实行经济补贴政策，这样一来每村每户都开始建房。小何是去年春节过后动手的，收稻的时候就住进了新房，目前百分之九十以上的农民都住进了这样的房子。笑容洋溢在小何的脸上，看得出，这是发自内心的喜悦。

汽车缓缓驶上高坡，小何招呼我们下车，说看看万亩茶林吧。我们站在高处放眼望去，一排排整齐的茶树犹如蓝海碧波，无边无际，气势十分壮观。一方水土养一方人，湄潭自然生态优越，植被茂密，但更重要的是走对了路。作为一个地矿资源贫乏的农业县，人们清醒地意识到，发展生态农业是唯一正确的选择，经济同样可以发展，农民同样可以致富。事实证明，以湄潭茶、茅贡米、烤烟三大农产品为主的生态农业"双效"显著。其中湄潭茶叶正由多产向优质品牌提升；多次获得全国稻米评选金奖第一名的茅贡米成为市场的抢手货；湄潭烤烟是中华牌香烟的主要原料。经济上来了，湄潭更美了，农民的"荷包头"也鼓起来了。此时，我们忽然想起了路上看见的那句话：到湄潭去当农民！这句充满魅力的语言，展现湄潭农民的自信。

  到达小何家已是落霞满天的时候，山村沐浴在金色的晚辉中，小何的家人热情地将我们迎进门。到茶乡先品茶，一杯幽香沁人的湄潭绿芽，消除了旅途的劳顿。晚餐十分丰盛，湄潭窑酒甘淳浓郁，还有小何一家的质朴亲切，让我们记住了这个美好的夜晚。

  第二天小何专程开车送我们去贵阳龙洞堡机场，沿途是与来时一样的山水，一样的景色，但不一样的是感受。湄潭之行走马观花，所见所闻还太少，可是我们知道，作为"全国农村改革实验区""国家级生态农业示范县""全国商品粮基地县""全国商品油料基地县""全国商品瘦肉型猪基地县"，湄潭所取得的这些成果里面，一定有着许许多多不平凡的故事。

  再见了，美丽的湄江河！再见了，可爱的湄潭人民！我们一定还会再来。

# 寻访曼西梁子

从西双版纳州府所在地景洪市往南,汽车朝勐海方向行驶了约一个小时,然后右转进入山道,一路盘旋而上。正是春和日丽的四月,放眼望去,山林茂盛,郁郁苍苍。车到半山腰,却不知曼西梁子在何处,恰与一辆自上而下的拖拉机交会,连忙询问,开拖拉机的青年指着山峰大声说:那就是曼西梁子!

此行当属偶然。我和著名画家唐天源一行应邀参加傣历1371年新年节,即传统的傣族泼水节。活动结束后,热情的主人赠送普洱茶,并介绍说这种茶产自曼西梁子,是一座有着七百多年历史的古茶山。嗜饮普洱茶的唐天源顿时来了兴趣,想亲自去看一看,有意创作一幅描绘古茶山的图画,于是就有了曼西梁子之行。

任何事物一旦时尚化,往往变味生弊,曾经轰烈一时的普洱,已经回归其生于草根的本来面目。普洱原本就是一种茶,君子兰原本就是一种植物,普洱是一味好茶,君子兰是一种好花,这才是真实。颇知茶文化的唐天源认为,古茶树得天地日月浸润,有高山气息氤氲,汲原始土壤精华,一定是普洱中的极品。

越往上路越窄,汽车在只能走拖拉机的山道上艰难攀登。转过一座山,眼前豁然开阔,真是"白云生处有人家",一片略带起伏状的坝子上,几间青瓦房掩映在绿树丛中。刚下得车来,几条狗就蹿出，一阵狂吠被随后步出的主人喝停。显然，这里极少陌生人光顾。主人是个四十多岁的壮实汉子，许是常年风吹日晒的缘故，皮肤黝黑发亮。我们说明来意，他露出憨厚的笑容，连声说这里就是曼西梁子，随即将我们让进屋里，沏上普洱，顿时满屋茶香袅绕。主人自我介绍，他叫何占云，是曼西梁子古茶林的经理。他说这里属于纳版河流域自然保护区，是拉祜族人居住的地方，古茶树就散布在山林里。

稍事休息后，我们随何占云走进原始森林，他拿一把柴刀开路，边走边砍掉缠脚的荆棘。茶树属灌木科，掺杂在大树间虽然显得矮小，但由于年代久远，枝叶苍劲茂盛，色如黛绿。何占云告诉我们，他是贵州遵义人，17岁时随舅舅来到西双版纳，当了一名护林员。三十年来穿梭在雨林中，对曼西梁子的每棵树都了如指掌，说起这片茶林更是如数家珍。早在明朝初年，一个汉吏奉旨从大理来到西双版纳，为皇家种植贡茶。选址人迹罕至的曼西梁子，是因为这里海拔高，平均达两千五百多米，而且常年雨水和光照充沛。普洱茶在清朝达到鼎盛期，据说那时的曼西梁子，"茶山周百里，入山作茶者上万"。后来由于战乱和历史变迁，这片茶林被遗忘而荒芜，淹没在自然生长的雨林中，现仅留存1 851株。为了保护这些珍贵的自然资源，经上级部门批准，由何占云承包管理，古茶树枯木逢春，重新焕发生机。我们遇到几个攀在树上采茶的拉祜族人，他们邀我们去寨子做客，笑容里盛满了热诚。何占云说，拉祜人原来多以狩猎为生，农业生产落后，中华人民共和国成立后，特别是改革开放以来，政府大力扶持，开展多种经营，拉祜人的生活越来越好。何占云还说，他已经给村长打了电话，寨子里准备了午餐，正等着我们呢。

从山林里转出来，远远就看见一群人站在路边。何占云喊道：雅米和雅巴来接你们啦！我问雅米、雅巴是什么？何占云说雅米是姑娘，雅巴是小伙，雅米、雅巴出村迎客，是拉祜人的礼节。村长三十多岁，他和雅米、雅巴一样，穿着拉祜族服装。这种服装以黑布衬底，用彩线和色布缀上各种花边图案，再嵌上洁白的银泡，色彩对比鲜明美观。他们每人手里捧着一个葫芦，并且弯下腰来高举过头。村长用汉语说，葫芦是拉祜人的吉祥物，表达对客人的尊敬。当我们走进寨子时，雅巴吹响葫芦笙，雅米唱起了山歌，曲调高亢动听，何占云说这是拉祜迎客歌。

午餐安排在村长家的木楼里，木楼屋顶呈双斜面，有充裕的挑高，便于通风。堂屋中间悬着火盆，既可用于冬天取暖，又可烤制烟熏肉。一个竹编的小圆桌安在火盆下方，我们围着圆桌坐在小矮凳上，感受拉祜人的生活气息。村长说，他十几岁就跟着何占云跑山，一直叫他大哥。自从开发古茶树，拉祜人采茶增收，现在人年均收入上万元。何占云讲了进一步扩大茶场规模的计划，还向我们介绍了普洱茶的制作过程，以及鉴赏茶质的知识。这天唐天源很高兴，当场挥毫录写了曹雪芹赞美普洱的诗句：普洱名茶喷鼻香，饮茶谁识采茶忙？若怜南国采茶女，忍渴登山与共尝。

太阳已经西下，我们依依不舍地告别曼西梁子，告别何占云和拉祜村长。青山绿树沐在金色的夕照里，展现又一种壮美。唐天源凝神沉思着，我知道，他一定在勾勒那幅描绘古茶山的图画。

## 温情罗甸

知道罗甸，是因为一种产自罗甸的玉，虽闻其名却未观其貌。而萌生去罗甸的愿望并非与玉有关。

去年十月贵州大学康冀川教授来沪，朋友相会，把壶小酌。康教授从事生物研究，由艾纳香而谈及罗甸，话语中多有赞美之辞。艾纳香是一种用途广泛的中药材植物，由它提炼的天然冰片，是多种中成药的主要成分，具有较高的经济价值。由于罗甸得天独厚的自然条件，特别适合艾纳香生长，品质犹佳，国家质检总局批准对罗甸艾纳香实施地理标志产品保护。康教授还介绍了罗甸的生态景观、人文资源，如数家珍，并且深有感触地说罗甸人好，淳朴善良。或许正是缘于善良美德，罗甸人普遍长寿，百岁以上老人多达25位，数量上超过素有"长寿之乡"美誉的巴马。我心动了，向往罗甸，今年夏天得暇，终于踏上了罗甸之旅。

罗甸位于贵州省最南端，是一个充满民族风情的布依族自治县，与广西仅一河之隔，属亚热带季风气候。从省城贵阳搭乘班车，遇上一对来自上海的老年夫妇，他们把去罗甸说成回家，一脸的悠然自得。这对老夫妇，厌倦了嘈杂的城市生活，渴望蓝天白云、青山绿水、富含氧离子的清新空气，一眼相中罗甸。他们说罗甸的自然环境和气候条件，非常适合老年人生活居住，目前租居的村寨里已有十多个来自各地的老人,其他村寨也有。老人们不时结伴出游,怡情于山水林泉之中,延年增寿。有人喜欢躬身自耕,播种一些果蔬,自食其力,乐在其中;也有人喜欢垂钓,消遣养性,每有收获大家分享,形成了一个丰富多彩的生活圈。他们告诉我,此番去上海参加孙子的结婚典礼,结束后马上返回,因为已经习惯了罗甸的安静和惬意。从两位老人的眼神里,以及洋溢在脸上的笑容,看得出他们已经深深爱上了罗甸,与那片土地结下了不解之缘。老人寄希望于异地使用医保,这样一定会有更多的城里人来到,既提高了老年生活质量,同时减轻大城市的养老压力,岂不是一举两得,两全其美!

我在罗甸游览了几天,住宿县城,晨出暮归,到访大小井、高原千岛湖等景区。大小井有"东方洞穴博物馆"之美誉,可与法国南部著名的伏克留滋泉相媲美,其中大黑洞洞厅面积二万六千平方米,为世界六大洞厅之首。若以地质经典而论,大小井"三叠纪"板庚滩,比美国黑西奇弯的巴哈马滩更为理想。高原千岛湖水域三百七十七平方公里,为国内第二大水力发电站龙滩电站蓄水而形成,气势恢宏壮观。那天我伫立于下闸坝上,极目远眺,一座座青山屹立湖中,苍翠黛绿,密密丛丛。一条小船在岛屿间穿行,由远而近,原来是打鱼的一家人满载而归。这里山绿树绿水也绿,漫山遍野盛开着不知名的野花,五彩缤纷,生机盎然。从开发旅游产业的意义上说,罗甸是一块尚未开垦的处女地,宛如一位深藏闺中的美少女,令人怦然心动,翘首以待。罗甸矿产资源富饶,有金、银、铁、锡、铝等金属矿,也有硅、煤、水晶、玉石、大理石等非金属矿,其中硅和水晶储量多,品位高,为全省之冠。

然而,生态环境保护与经济发展是一个绕不开的话题,是一对难解的矛盾。罗甸人意识到保护生态环境是头等大事,直接关系子孙后代，绝不重蹈覆辙！社会以人为本，人与自然和谐共处，为了促进生态环境保护与经济发展有机结合，罗甸人创新思路，提出并实践"在保护中开发，在开发中保护"。这种意识虽然来得晚了一些，付出了沉重代价，但有意识总比没意识好，明白总比糊涂强。任何一项决策决定，需要具备长远的、科学的观念，不贪图眼前利益，更不要做那种杀鸡取卵的事情。

　　我在沫阳镇老街上游览，迎面走来一个姑娘，很漂亮的脸蛋，手里抱着一台电脑主机。擦肩而过之时，感觉有点脸熟，似曾相识，但想不起在哪儿见过。我想回头再看一眼，不料姑娘也回转头来，四目相对，我想起来了，她也认出了我。她是我家附近送水站的工作人员，时常出入小区，也曾给我家送过水，只是叫不出姓名。姑娘显然很惊喜，她说叔叔，你怎么在这里，来旅游的？我也很高兴。交谈了几句以后，姑娘告诉我，她是沫阳人，今年春节回家结婚，和丈夫一起办了一个农家乐，有吃有住，并且热情地邀我去做客。

　　她来镇上修电脑，可是不巧，修电脑的小伙子去县里进配件。她说来客预约都在电脑上进行，一刻也离不了，很着急。农家乐就在镇上，一个宽畅的院落，大门口、过道上都挂着红灯笼，刚开张不久。我懂点电脑，鼓捣了一阵，程序恢复正常，姑娘喜出望外，再三感谢。她丈夫也回来了，一个憨厚结实的小伙子，从河里打来鲜活的鱼虾。暮色将临，院子里支上几张桌子，客人都要品尝布依族风味特色豆花烤鱼。小伙子是厨师，姑娘忙着招呼客人，炭火慢慢炙烤，鱼鲜和豆花香相互作用，辅以特色佐料，整个院子弥漫着诱人的浓香。

　　月亮升起来了，轻风吹拂，罗甸的夏夜格外凉爽。小伙子和姑娘这才忙完，提着酒坐到我的桌上来，边畅饮边聊天。小夫妇两个都是布衣族人，都姓罗，小伙子叫罗刚，姑娘叫罗香叶，原来都在上海打工。罗甸开发旅游产业，他们返回故乡，自主创业。罗刚说罗甸的年轻人十有八九在城里打工，如今已经回来不少，从事各种行业，很大程度改变了只有留守老人和孩子的状况。

那天夜里我睡得很沉，一觉醒来，耳边满是悦耳的鸟鸣声。罗香叶特地陪我去观赏了罗甸玉，质地可与珍贵的和田玉相媲美，很透很润，把捏在手里感觉很温润，就像罗甸那样温情脉脉。

# 金沙行

继三星堆遗址出土，成都近郊金沙遗址的发现，再次揭开了神秘的古代巴蜀文明史。上周，应胡考先生之约赴成都，站在这块沉寂了三千多年的遗址上，仿佛穿越时空隧道，犹如置身于千百年前，随手可以触摸刀刻般的、有棱有角的历史。

汉晋时期的文字记载，地处长江上游内陆盆地的古蜀国曾有蚕丛、杜宇、开明等朝，但究竟确有还是传说，一直云遮雾绕、扑朔迷离。三星堆和金沙考古发现，大量出土器物无声地告知我们，早在商周时期成都平原就存在的昌盛景象。金沙出土的被用作祭祀的象牙竟达成吨之多，最大的一支长一百五十厘米。金沙出土的玉器量多质好，多为透闪石玉制作而成，加工工艺水平较高，尤其是一件青玉长琮，显示出了典型的良渚文化风格。这件堪称国宝级的珍品，所承载的信息是，难于上青天的蜀道，并未阻隔古蜀国与中原以及长江中下流地区的文化交流、相互渗透和相互影响。

在金沙遗址上兴建的金沙历史博物馆的草坪上，我们看到矗立着一座铜雕，这就是复制的太阳神鸟金箔饰，其图案的神奇、表现手法的绝妙，令人叹为观止。铜雕的侧旁有如下文字：太阳神鸟金箔饰被国家文物局命名为中国文化遗产标志。应该感谢成都博物院院长、文物考古研究所所长王毅研究员,他特意嘱咐考古队张谨主任,让我们亲眼目睹了这件举世珍品。太阳神鸟金箔饰为圆形,内有镂空图案,外层是四只逆向飞行的神鸟引颈展翅;内层是一个圆圈,周围有十二道等距离的象牙状弧形旋转芒。整幅图案充满动感,好似一个飞转的漩涡,更像一轮光芒四射的太阳,极其生动地体现出当时人们对太阳的崇敬,完美地展示了神鸟驮日、东升西落的神话故事,更凝聚了先民们非同凡响的智慧和创意。三星堆和金沙遗址,不仅为古蜀文明提供了珍贵资料,而且为人类发展史增添了绚丽篇章,具有极为重要而深远的意义。

然而,古蜀国的湮灭至今还是一个谜,造成的历史断层,需要学者和考古工作者去深入探研。是遭遇了灭顶洪灾?是发生了类似"非典"疫病?还是被战火焚毁?或许这正是人们的兴趣所在。如果说,以史为鉴,可以知兴替,可以使人明智,那么即将建成的金沙历史博物馆,可以告诉人们很多很多,可以印证很多很多。

三月的成都很美,和煦的阳光下春风轻柔。陪同参观的张谨主任很热情,他简练透析的讲解,让我们增长了不少历史知识。后来知道,这位年轻的考古专业研究生已经在荒郊野外、风餐露宿的考古现场工作了十多年。正是基于对事业的热爱,90年代中期组建的成都文物考古工作队不畏艰辛,付出大量心血,先后发现考证了成都十二桥、商业街船棺墓葬、金沙遗址等多处文化遗产,取得了海内外考古界为之震撼的成就。

同行的上海奔奔影视动画公司董事长徐为民先生,正在计划为金沙历史博物馆制作一部4D电影,以立体动漫形式,让观众身临其境般地感受古蜀风情,以及祖先们与自然抗争的生存状态,气势恢宏地展现石锋、竹箭狩猎和争战的壮观场面。著名书画家胡考先生,是这部4D影片的人物造型和画面设计师,他深有感触地说,金沙出土的文物,从图案纹饰到圆雕造型,充分反映当时的美术水平已经达到相当高度。同样感慨良多的徐先生表示，要花最大的功夫，尽最大的努力，制作出一部世界级的 4D 影片，这样才对得起金沙，无愧于祖先。

一位英国考古学家来到金沙，发出由衷信服的感叹：中华民族伟大！中国人了不起！

# 后记

我小学毕业那年，史无前例的"文化大革命"正轰轰烈烈，席卷全国，中学停课，我们滞留在小学。六年级是小学里的"老大"，也有同学戴上红卫兵袖章，参加造反，揪斗老师。有一天他们砸开供教师阅览的图书室，翻箱倒柜，书籍扔了一地，然后扬长而去。当晚，我和另一个同学悄悄溜进去，不敢开灯，在黑暗中装了两大包书，拿回家去，这无疑是一次盗窃，其中有不少国内外名著。那时年少，一本长篇小说一夜就能看完，母亲怕我眼睛看坏，也想着节约用电，总是催促关灯。我也有应对办法，先关一会灯，等母亲睡着了，再开灯看书，常常通宵达旦。

几十本书很快看完了，不敢再去偷，于是找人交换阅读，形成了一个小圈子，读到了很多好书。我用《钢铁是怎样炼成的》换读《基度山伯爵》，不知怎么被查获了，警察带着《钢铁是怎样炼成的》来找我，追问书从哪里来的，我承认从学校图书室拿来。警察很认真，带着我去学校，一看图书室里到处扔着书，便没追究下去，教育一通了事，书自然被没收了，但我却更爱看书了，想方设法找书来读。弄堂里有位大学历史系讲师，为躲运动跑回家来，名义上是养病。他大我近20岁，原来不认识，弄堂里的人都称他王先生。因为住得近，他也闲得无聊，常在弄堂里转，我和他渐渐熟悉起来。

王先生健谈，经常听他讲历史故事，有一次讲到太平天国。他说洪秀全当上天皇以后，生活极度奢侈靡乱，妃子数百，宫女成千上万，连轿夫都超过清朝皇帝。我当时根本不相信，洪秀全是农民起义领袖，英雄人物，怎么可能这样呢？！

我下乡到黑龙江，尝试创作，学莫泊桑写短篇小说，投稿《黑龙江日报》《黑龙江文艺》，都被退回。后来一位编辑在退稿信上指点，要我写熟悉的生活，反映知识青年在广阔天地锻炼成长，接受再教育的收获。我写了自己学赶马车的经历，竟然刊登出来了，可是改得面目全非，几乎不是我写的东西。即便如此，这篇小说还是带来好处，我当上了分场宣传干事，下连队组织文章，歌颂上山下乡伟大成果。可是知青大多不感兴趣，我去就被他们拽着喝酒，还喝醉，文章没搞出来，领导失望了，又把我打发回去继续赶马车。

我由喜爱阅读而喜爱写作，但是写作很难，写出好文章更难。丰富的经历和阅历，可以为创作提供素材，但仅此远远不够，优秀的文学作品需要广博的知识学养造就，一定是思想性和艺术性的完美统一。我有幸遇见几位好作家、好编辑，不吝赐教，悉心指导。作家陈镇江，人品文品皆好，给予我许多帮助，亦师亦兄。上海文艺出版社编审谢泉铭老师，德高望重，培养了一批有成就的作家，于我多有提携。谢老想把数十年的心得体会写出来，因年事已高，要我在他口述的基础上执笔。我不敢答应，怕写不好，谢老鼓励我大胆写，不要有顾虑，关键是写出作家不同的性格特征。我给谢老一个录音机，供他有暇时录音，不料谢老脑溢血猝然故去，我痛失了一位尊敬的前辈。新民晚报曾元沧，就是一位有性格的作家和编辑，重文思轻关系，在他负责的版面上，发表了许多新人新文章，栏目别开生面，广受欢迎。

一位老作家曾对我说，写文章不要人曰亦曰，要有独立思考，不能讲真话，至少不讲假话。我一直记着这些话，却很难做到，因为现实不接受。中国经历数千年封建统制，皇权至上，一言九鼎，惯性阿谀奉顺，假话谎话泛滥。难怪一个大贪官临终前说，他几十年没讲过一句真话，官运亨通，位至一品。我辈人微言轻，既然不能畅所欲言，应该可以少说或不说假话。此番收入集子的散文，百无一是，但以不说假话为标准。

我谨希望营造一片不说假话、相对干净的空间，与读者交流、分享，倘若能带来些许愉悦、点滴裨益，就十分告慰了。

衷心感谢所有给予帮助的前辈和朋友。衷心感谢潘鸿健先生，他在病中为我初选书稿；衷心感谢为书名题字的书法家胡考先生；衷心感谢文汇出版社黄勇编辑。

顾　雄

2018 年 7 月 20 日

### 图书在版编目（CIP）数据

杪末春秋 / 顾雄著. —上海：文汇出版社，2018.12
　　ISBN 978-7-5496-2762-2

Ⅰ.①杪… Ⅱ.①顾… Ⅲ.①散文集—中国—当代 Ⅳ.①I267

中国版本图书馆CIP数据核字（2018）第278652号

## 杪末春秋

著　　者 / 顾　雄
责任编辑 / 黄　勇
书名题字 / 胡　考
插　　图 / 顾竟炜
封面装帧 / 张　晋

出版发行 / 文汇出版社
　　　　　上海市威海路755号
　　　　　（邮政编码200041）
经　　销 / 全国新华书店
排　　版 / 南京展望文化发展有限公司
印刷装订 / 启东市人民印刷有限公司
版　　次 / 2018年12月第1版
印　　次 / 2018年12月第1次印刷
开　　本 / 640×960　1/16
字　　数 / 210千字
印　　张 / 14.25

ISBN 978-7-5496-2762-2
定　　价 / 49.00元